줄리아나 도쿄

줄리아나 도쿄

ジュリアナ's 東京

JULIANA'S TOKYO

＊한정현 장편소설

스위밍꿀

차례

1

❄

한주의 이야기

눈의 요정

그날도 오늘처럼 온통 눈이 내렸다. 그런 문장이 정확했다. 눈은 온통 내렸다. 한주는 건널목의 신호를 바라보다 하늘을 올려봤다. 헤아릴 수도 없이 무수한 눈송이들이 그녀를 향해 내려앉고 있었다. 그 무수한 눈은 희미해지다가 이내 완전히 사라졌다. 그녀는 어깨를 움츠렸다. 언제나 눈은 손끝에, 손등에, 목덜미에, 입술에, 그녀의 몸에 닿자마자 사라졌다. 밤새 눈이 내리고 난 다음날에도 눈은 원래 존재하지 않았던 것처럼 녹아버렸다. 그녀는 손등에 내려앉았다가 곧 사라지는 눈송이들을 한참 보았다. 신호등은 어느새 여분의 시간을 알려주고 있었다. 약간 추웠다.

'도쿄는 항구도시라서 따뜻하다고 들었는데.'

한주는 자신이 혼잣말도 일본어로 하고 있다는 사실을 곱씹으며 바람이 불어오는 방향으로 우산을 약간 더 기울였다. 눈이 더는 자신에게 닿지 않도록 말이다.

사 년 전 그날을 기억하는 이유는 단지 서점에서 일을 시작하게 된 첫날이어서만은 아니다. 눈이 귀하다는 도쿄에서 갑작스레 함박눈을 맞아서도 아니다.

그건 모두 눈의 요정 때문이었다.

✳

파트타임이 아닌 전일제 일을 하게 된 건 서점이 처음이었다. 계약직이었지만 경력이 없는 한주에겐 좋은 기회였다. 그래서인지 그날은, 어느 순간부터 창을 완벽히 등지고 할당된 서가 목록을 확인하며 혹 놓친 것이 없는지, 책을 일일이 세어보듯 꼼꼼하게 살펴보려 애쓴 느낌만이 분명한 하루였다. 그리고 하나 더 있다면, 역시나 그것은.

"한주 씨, 한주 씨는 눈의 요정을 알아요?"

눈앞으로 새하얀 화면 하나가 끼어들었다. 동료가 내민 핸드폰 화면엔 얼핏 진눈깨비를 찍어두었다고 보이는 사진이 있었다. 한주는 그 사진을 자세히 보기 위해 허리를 약간 굽혔다. 그녀의 허리 뒤로 직원용 앞치마의 리본이 비뚤어진 채 묶여 있었다. 동료는 핸드폰을 쥔 손이 흔들리지 않도록 조심하며, 그녀가 눈치채지 못할 정도로만 몸을 뒤로 빼고는 그 리본을 잠시 바라보았다. 무슨 할말이 있는 것처럼 보였지만, 그는 그저 핸드폰 화면을 손가락으로 확대시켜 사진을 좀더 크게 보여주기만 했다. 진눈깨비의 정체는 입김에도 날아갈 것 같은 작은 날벌레였다.

"전 여덟 살 때부터 오타루에 살았어요."

오타루라면 한주도 알았다. 그러나 입에선 다른 지명이 나왔다.

"삿포로요?"

"아니요. 오타루요. 삿포로 조금 위."

"아. 죄송해요. 제가 제대로 알지도 못하고서."

그녀는 사과를 하며 그의 눈을 똑바로 바라보았다. 먼저 시선을 피한 건 동료 쪽이었다.

"괜찮아요, 일본 사람들도 자주 헷갈려 해요."

한주는 손까지 저어가며 괜찮다고 말하는 그를 보며 기억 속의 오타루를 떠올렸다. 딱 한 번, 삿포로를 경유해 오타루에 가본 적이 있었다. 5월의 오타루엔 하염없이 비가 내렸다. 으스스하게 추웠음에도 종일 라멘 하나만 겨우 먹을 수 있을 만큼 경비가 부족해서 오르골 하나 제대로 된 것을 살 수 없었다고, 그래서 오르골당 앞에 멍하니 서서 흘러나오는 음악만을 들었다고 차마 말하지 못했다. 왜 이런 기억까지 떠올랐지, 슬그머니 미소지을 때였다. 동료는 그가 내민 눈의 요정 사진을 보고 그녀가 웃었다고 생각한 모양이었다. 그는 큰 결심을 한 사람처럼 숨을 한 번 들이쉬었고, 정확하려 애쓰는 발음으로 이렇게 말했다.

"나는 부산을 좋아합니다."

그 말의 의미를 알게 된 건 많은 시간이 흐르고 난 뒤였다. 그때 그가 한주에게 건넨 건 한국어였으니까. 일본에 온 한국인에게 한국어로 몇 마디 표해주는 것. 자신은 일본인이지만 한국인을 전혀 싫어하지 않으며 당신을 환영한다는 그런 의미.

"부산에 가보고 싶습니다."

반응이 없는 한주의 표정을 조심스레 살피며 그가 다시 한번 이렇게 말했을 때, 그녀는 그제야 그것이 한국어라는 걸 눈치챌 수 있었다.

"저, 저도요."

입에서 나온 건 물론 일본어였다. 한주는 서가 목록의 귀퉁이를 움켜쥐었다. 동료의 얼굴이 처음 칭찬받는 아이처럼 밝아졌다. 그는 한국어를 꽤 오래 공부한 것 같았다. 한주는 끊임없이 이어지는 동료의 한국어에 대답 대신 미소만을 지어 보였다. 창밖의 눈은 어느새 잦아들었다. 사람들은 접은 우산을 든 채 가끔씩 어깨를 털 뿐이었다.

"눈의 요정이 한주 씨를 따라다니나봐요. 도쿄는 항구 도시라 눈이 잘 내리지 않거든요."

그렇게 중얼거리던 그는 무언가 생각난 듯 물었다.

"한주 씨는 눈을 좋아하나요?"

창밖의 행인들을 바라보던 한주는 얕은 졸음에서 갑작스레 깨어난 사람처럼 빠르게 대꾸했다.

"저는 눈 안 좋아해요."

순간 한주는 명치 끝이 답답해지면서 딸꾹질이 올라오는 걸 느꼈다. 사람마다 가지고 있는 고유한 습관 같은 것. 그녀는 당황하면 딸꾹질을 했다. 동료는 헛기침하듯 입을 가리며 고개를 돌렸고, 곧 못 참겠다는 듯 웃음을 터뜨렸다. 그녀에게 잠시만, 하는 것처럼 한 손을 들어 보이면서. 그녀는 아까보다 어리둥절한 표정으로 앞치마를 그러쥐고 그의 기색을 살폈다. 그는 안절부절못하는 그녀에게 미안, 미안해요 하고 사과했지만 웃음을 멈추지는 못했다. 한주는 유쾌하게 웃는 동료를 보면서도 실은 그가 상처받은 건 아닌지 걱정되었다.

이 동료의 이름은 유키노. 처음 인사를 나눌 때부터 마치 오랜 친구를 반기듯 웃어 보이던 친절한 사람. 하지만 여권의 국적이 한국인 자신이, 삼십 년이 넘도록 한국에서 살았던 자신이 한국어를 하지 못한다는 사실을 어떻게 말할 수 있을까. 결국 그녀가 꺼낸 이야기는 전혀 다른 것이었다.

"유키노 씨는 도쿄에 사신 지 오래되었나봐요."

한주의 말에 그는 입술을 뾰족하게 만들어 무언가 생각하는 듯하더니 잠시 후 장난스레 웃어 보였다.

"말투에서 티가 하나도 안 나죠? 원래는 도쿄가 고향이에요. 오타루에 제일 오래 살기는 했지만. 그리고 원래 홋카이도 쪽은 사투리가 심하지 않은 지역이래요."

한주는 또다시 딸꾹질이 넘어오는 것 같다고 생각했다. 이번엔 나지막한 두통과 함께였다. 그녀는 자신이 다만 일본어로 말할 수 있을 뿐, 정작 아는 게 별로 없다는 걸 깨달았다. 도쿄에 온 지 반년밖에 되지 않았으니 당연했다. 사실 한주에게 유키노의 억양을 평가한다거나, 도쿄를 다른 지역보다 우위에 두려는 의도는 전혀 없었다. 하지만 의도란 말하는 사람이 결정하는 게 아니라는 생각이 들었다. 잘못을 인정하는 아이처럼 고개를 숙이고 사과의 말을 고를 때였다. 그녀의 대답을 기다리던 그는 무언가를 깨달은 듯한 표정이 되더니 이렇게 덧붙였다.

"오타루엔 게이들을 위한 공동체가 좀 빈약하거든요. 친구들 많이 만나보고 싶기도 해서 사 년 전쯤에 왔어요."

그렇게 말하면서 그는 왼손으로 서가에 꽂힌 책을 반쯤 빼내었다 넣었다 반복하고 있었다. 네번째 손가락에는 마치 실이 감긴 것처럼 얇은 은반지가 걸려 있었다. 한주는 오른손으로 자신의 왼손 네번째 손가락을 더듬어보았다. 아무것도 끼워지지 않은 빈자리가 짚어졌다. 오랫동안 함께한 물건은 어느새 사람처럼 되어버린다. 사연 많은 사람이 죽어 혼령으로 떠돌듯, 이제 그것은 유령처럼 자신의 주변을 맴도는 것 같았다. 한주는 그가 만지작거리던 책으로 손을 뻗었다.

"그 책, 여기가 맞는데요?"

그는 일이 서툰 한주가 헷갈렸다고 생각한 모양이었다.

"누구든 원하는 곳이 제자리인 거 같아서요."

그의 시선이 한주가 들고 있는 책에 가닿았다.

"아, 그냥 제가 읽고 싶어서……"

유키노가 시선을 거두지 않는 걸 깨달은 한주가 얼른 책을 들어 제목을 확인했다. '일본 전통 불교의 입문'.

"눈의 요정이 한주 씨를 지켜줄 거예요."

그는 한주에게서 『일본 전통 불교의 입문』을 자연스레

넘겨받으며 말을 이었다.

"유키노ゆきの, 그냥 눈ゆき이 아니라 눈의 요정입니다. 에, 그러니까 눈은 몰라도 저는 좀 좋아해주세요."

유키노가 그날 말을 건네온 건, 함께 일하게 될 사람에게 불편하지 않을 만큼의 친밀함을 표현하기 위해서라는 걸 한주도 알고 있었다. 돌아보면 기분 좋게 떠올릴 수 있는 하루의 순간이라는 걸 모르지 않았다. 그러나 그녀는 마음속에 세워둔 어떤 벽이 무너지는 것을 느꼈다. 그녀는 그 벽 뒤에 웅크리고 앉아 이런 말을 하기 위해 오래 기다린 사람이었다.

"한국어를 잃어버려서 일본에 왔어요. 하나도 알아들을 수가 없어요, 한국어를요."

경찰의 전화

"경찰입니다, 이노우에 유키노 씨를 아시죠?"

한주는 핸드폰 화면에 모르는 번호가 뜨자 주위를 한 번 살핀 후 얼른 서가 옆 창고 쪽으로 몸을 붙였다. 대부분의 사람들이 그렇듯 그녀도 낯선 전화는 잘 받지 않았다. 도쿄에서 모르는 누군가가 자신을 찾을 일도 없었고 만약 급한 일이라면 곧 다시 전화를 해올 거라고 생각했다. 이건 한국에서 몸에 밴 습관이기도 했다. 하지만 일 년 사이 그녀가 모르는 번호를 대하는 방식은 달라졌다. 이제 무조건 받았다. 모르는 번호일수록 오히려 더 빨리 받았다.

수화기 건너에서 경찰이라는 말이 넘어오자 그녀는 참

았던 숨을 소리 없이 길게 내쉬었다. 곧 어디에라도 몸을 기대지 않으면 고꾸라질 것 같았다. 오랜 시간 기다린 누군가를 만났을 때 안도감으로 잠이 쏟아지는 것처럼 말이다.

그녀는 핸드폰을 가슴께에 대고 다시 한번 숨을 골랐다. 자신의 입장에서는 우왕좌왕하는 것이 당연하지만 경찰에겐 아닐 것이다. 어쩌면 대화할 상대가 되지 않는다고 여길 수도 있었다. 그녀는 침착해져야 한다고 스스로를 타일렀다. 그래서 우선 경찰의 질문에 답부터 하려고 했다. 유키노를 잘 알고 있다는 그 사실 말이다. 하지만 막상 입에서 나온 건 그의 안부였다.

"유키노는, 잘 있나요. 지금 어디에 있나요?"

"그러지 않아도 말씀드리려 했습니다만, 네, 유키노 씨는 부산에 있습니다."

한주는 경찰이 말끝을 흐린다는 느낌을 받았다. 아직 할말이 남은 사람이 그 말을 꺼낼지 말지 고심할 때 느껴지는 망설임 같은 것. 하지만 그게 무엇일지 가늠이 되지 않았다. 대신 유키노가 부산에 있다는 말을 듣자 한주는 다른 생각 속으로 잠겨들었다.

'나는 부산을 좋아합니다.'

그녀의 머릿속에서 유키노는 이제 막 여행지에 도착한

관광객처럼 부산 거리 이곳저곳을 걷고 있었다.

'부산에 가보고 싶습니다.'

한주는 맞은편 창밖의 풍경이 마치 누군가 서서히 커튼을 내리는 것처럼 어두워진다고 느꼈다. 부산은 눈이 드물어서 걷기에 정말 좋을 거라는 생각도 들었다. 그 생각 속에서 유키노가 걷는 부산의 거리는 점차 한주가 걸었던 그 길로 바뀌어갔다.

"일 년 전 실종 신고를 하셨죠? 유키노 씨의 거취가 확인되어 이렇게 연락을 드렸습니다. 그리고 한 가지 요청 드릴 사항이 있습니다."

멍하니 생각에 빠져 있던 한주는 앞에 경찰이 서 있는 것처럼 고개를 여러 번 끄덕였다. 그러곤 그의 망설임을 더이상 인내할 수 없다는 듯 말을 자르고 먼저 입을 열었다.

"유키노를 만날 수 있을까요? 연락처만이라도요."

"죄송합니다. 지금 당장 만나게 도와드릴 순 없을 것 같습니다. 먼저 경찰서에 출두하셔서 몇 가지 확인해주셔야 합니다."

이런 경우를 생각해보지 않은 건 아니었다. 유키노를 찾는다고 해도 자신을 만나지 않겠다고 하는 경우 말이다. 하지만 실제로 그런 상황이 오자 한주는 생각보다 더 깊이 낙담했다. 그 반응을 이해한다는 듯 경찰은 조심스럽게 위로했다.

"놀라셨을 줄 압니다. 저희도 이런 소식을 전해드리게 되어 안타깝습니다."

한주는 앞에 있는 무엇인가를 식별하려 애쓰는 사람처럼 눈을 가늘게 떴다. 그제야 경찰의 출석 요구가 귀에 들어왔다. 유키노에게 무슨 일이 벌어진 걸까.

한주의 계속되는 침묵이 당혹과 의혹 때문이라는 걸 경찰은 충분히 짐작하는 듯했다. 그의 어투는 한결같이 조심스러웠다.

"혹시 정추라는 이름을 들어본 적이 있습니까?"

유키노가 부산에 있다, 하지만 당장은 만날 수 없다, 경찰서에 가서 어떤 것을 확인해야 한다, 하지만 무엇을? 한주는 어떤 질문부터 해야 할지 모르겠다고 생각했다. 하지만 그 생각을 더 진척시킬 새도 없이 낯선 이름에 고개를 갸웃했다. 순식간에 유키노가 저 뒤로 물러나고, 정추라는 이가 다가오고 있는 듯한 기분이 들었다.

"한국 사람인가요."

한주는 기억을 더듬어보았다. 흔한 이름은 아니었다. 누가 보더라도 그녀의 반응은 즉각적이고 솔직했다.

"지금 답하셔야 하는 건 아닙니다. 참고인 조사 때 해주시면 됩니다."

경찰은 날짜와 위치를 알려주면서 지금 자신의 이름과 번호를 받아적을 수 있는지 물었다. 한주가 앞치마 주머니에서 메모지와 펜을 꺼내들었을 때였다.

"한주 씨, 줄리아나 도쿄에 대해선 알고 계신가요?"

메모지와 펜을 잡느라 그녀는 핸드폰을 어깨와 얼굴 사이에 위태롭게 고정시켜두고 있었다. 하지만 줄리아나 도쿄라는 말에 하마터면 전화를 바닥에 떨굴 뻔했다. 겨우 핸드폰을 바로 잡고 그가 불러주는 소속과 직위, 이름과 직통번호를 받아적었다. 그러곤 입술을 안으로 말았다. 이대로 끊을 순 없었다. 대체 유키노에게 무슨 일이 있는지, 정추와 줄리아나 도쿄는 왜 묻는 것인지 어렴풋하게라도 알아야 할 것 같았다. 그것이 유키노를 만날 수 없는 이유와 관련돼 있다면 말이다.

"말씀해주신 날에 갈게요. 무슨 일인지는 모르지만, 유키노에 관한 것이라면 어떤 것이든 제가 아는 대로 말씀드릴게요. 그런데…… 궁금한 게 있어요. 혹시 유키노가 무슨 사건에라도 휘말린 건가요?"

한주는 경찰이 수화기 건너편에서 잠시 침묵한다고 생각했다. 물론 그녀의 침묵과는 달랐다. 그는 곤란해하고 있었다. 곧 경찰이 헛기침을 한번 했다.

"살인미수 사건입니다."

손에 힘이 풀렸다. 경찰은 분명 유키노가 부산에 잘 있다, 고 했다. 그렇다면 유키노가 죽을 뻔한 게 아니라 다른 사람이 죽을 뻔했다는 뜻이 된다.

"이노우에 유키노 씨가 살인 시도를 자백했습니다."

전화를 끊고 한주는 한동안 창고와 서가 사이에 선 채 맞은편의 창을 멍하니 바라보았다. 유키노가 지금 살인 피의자가 되어 부산에 있다. 동거하던 한국인 연인을 수차례 칼로 찔렀다고 한다. 이 생각을 할 때 그녀는 벽에 잠시 기대야 했다. 낙담, 그후엔 더 깊은 낙담. 어쩌면 이미 그의 소식이 이런 식으로 들려올 거라고 예감했는지도 모른다. 그가 누구와 함께 떠났는지 알고 있었으니까. 한주는 어깨가 들썩일 정도로 깊은 숨을 몰아쉬었다.

"이러다 정말 눈이 쌓이겠어요."

창고에 들어서려던 동료가 한주를 보고 살짝 놀란 듯씩 웃어 보였다. 바닥에 녹은 눈을 닦았는지 손에는 대걸레가 들려 있었다. 한주는 부러 씩씩하게 대걸레를 빼앗아 들고 화장실로 가면서 창 너머를 확인했다. 어느새 함박눈이 쏟아지고 있었다.

'한주 씨께서 나와주셔야 합니다. 무척 놀라셨을 줄 압니다만.'

전화를 끊기 전 경찰은 다시 한번 출두 날짜와 위치를 알려주었다. 일주일 후, 한주는 참고인이 되어 살인을 시도한 유키노에 관한 조사를 받아야 한다. 그녀는 '정추'와 '줄리아나 도쿄'를 여러 번 되뇌었다. 그 이름과 장소가 어떤 의미인지 알지 못한 채로. 하지만 어쩐지 그건 유키노의 구조 요청 같았다. 한주에게 자신을 구해달라고 에둘러 표현하고 있는 것만 같았다.

　'하지만, 내가 어떤 말을 할 수 있는 사람일까.'

　그녀는 눈을 감으며 입술을 깨물었다. 참 이상했다. 상처는 완전히 잊혀진 듯했다가, 가장 용기가 필요한 순간에 그 존재를 다시 드러내니 말이다.

녹지 않는 눈

그때 한주는 부산의 한 호텔 욕조 안에서 발견되었다. 샤워기 호스가 목에 감겨 기도가 눌렸고 이 때문에 뇌로 흘러가는 산소 공급이 일시적으로 어려웠던 상태였다.

'자살 시도인가.'

현장을 확인한 사상경찰서 소속 이주현 형사는 그런 생각을 먼저 했다. 그러나 그 생각은 곧 바뀌었다. 한주의 몸에서 장시간 폭행에 노출된 흔적이 드러났기 때문이다. 옷 밖으로 드러나지 않는 부위, 즉 흉부, 복부, 대퇴부 등 젊은 여성의 신체 곳곳에서 반복적으로 나타나는 상흔은 가까운 이로부터 은밀하게 지속된 폭행 때문일 가능성이 높았다. 그러니까, 이것은 데이트 폭행이었다. 다행히 그녀는 방치되지 않았다. 발견 즉시 병원으로 옮겨졌고 며칠 뒤 의식을 되찾았다. 그러나 돌아오지 않은 것이 있었다.

"모국어 손실입니다. 외국어증후군이라고도 하죠."

의사는 희귀한 경우이지만 의학적으로 설명이 가능하다고 했다. 인간의 뇌는 모국어와 외국어를 각기 다른 영역에서 관장한다. 한주는 의식이 돌아오며 모국어를 담당하는 부분이 열리지 않았다. 다만 남겨진 건 일본어였다. 형사는 한주가 한국문학을 전공한 대학원생이라는 것을 알아냈다. 관련 자료를 읽기 위해 익힌 일본어로 행사장에서 통역을 하거나 소설을 번역하는 아르바이트를 했다는 사실까지.

"부산에 눈이 온 게 몇 년 만이죠?"

이주현 형사는 멀리 배들이 정박해 있는 항구를 바라보며 의사에게 물었다. 배들은 파도를 따라 움직이는 것처럼 보였으나 밧줄에 단단히 묶여 있기 때문인지 제자리에서만 서성였다.

"글쎄요, 저도 잘 모르겠습니다."

의사는 MRI 사진을 한 장씩 넘겨가며 혹시 놓친 것은 없는지 집중하고 있었다. 이주현 형사는 창문을 등지고 그런 의사의 모습을 바라보았다. 덩치가 큰 그에 의해 창문이 가려지자 실내는 한층 어두워지는 듯했다. 덕분에 MRI 사진은 더욱 또렷하게 보였다.

이 사건의 피의자로 지목된 이는 한주의 오랜 연인이었다. 그의 차와 소지품 곳곳에서 지워버리려 노력한 혈흔들이 발견되었다. 어떤 건 시간이 흐른 후 덧입혀지기도 했다. 모든 피해의 흔적이 한주의 뇌 사진처럼 또렷했다. 이주현 형사는 천천히 몸을 돌려 창문을 열고 바닥을 내려다봤다. 어느새 햇살이 눈 위로 쏟아지고 있었다. 바닥에 굴러다니던 쓰레기들이 녹은 눈 아래서 기웃거리고 있었다.

✲

'어째서 이 눈은 사라지지 않지?'

한주는 눈을 유심히 보았다. 찌개 위로 떨어지는 눈, 밥 위로 내려앉는 눈. 손을 뻗어본다. 눈이 잡힌다. 눈이 사라지지 않는다. 손으로 그 눈을 가만히 쥐어본다. 고개를 들자, 그것은 머리 위로 쏟아지는 하얀 종잇조각이다.

해 질 무렵의 겨울이었다. 세종문화회관에서 금호아시아나 빌딩으로 이어지는 골목에는 여전히 무쇠솥을 내놓고 밥을 짓는 식당들이 남아 있었다. 찬 공기가 고이는 계절에 그 골목길을 지나면 밥을 먹었는데도 또다시 식당의 문턱을 넘고 싶어졌다. 그날은 드물게도 식당 손님들이 이야기하는 소리, 술을 추가하는 소리, 텔레비전의 소음까지 들릴 정도로 한산했다. 어느 순간 날이 완전히 저물었고 습한 대기는 곧 눈이라도 쏟아낼 듯 무거웠다.

분명 눈이 내린다고 생각했다. 하지만 머리 위로 쏟아지는 건 한주가 박사과정 지원서와 함께 제출할 연구계획서였다.

"맞춤법도 틀리는 게 무슨 공부지? 소설 좀 읽으면 연구도 할 수 있을 것 같지? 나한테 이거 봐달라고? 내 시간 그렇게 막 써야 하는 그런 건가?"

그녀는 바닥으로 내려앉은 종잇조각에 드문드문 흩어진 글자들을 본다. 찢어진 글자지만 그것이 어떤 작가의 이름인지 금방 알 수 있다. 수십 번 고친 연구계획서였다. 반드시 타야 할 기차를 일부러 놓치고 싶어하는 사람처럼, 그녀는 느릿하게 고개를 돌려 앞에 앉은 사람을 바라봤다. 언제부터인가 그가 흐릿하게 보일 때가 많다고 생각했다. 벌써 몇 년 동안 사랑하는 사람이라고 말하고 다녔는데 말이다.

"너 같은 애들 때문에 사람들이 대학원 아무나 오는 줄 아는 거야."

그는 화가 났을 때조차, 비밀을 공유하기 위해 소리를 낮추는 다정한 친구처럼 보이도록 행동했다. 이를 악물어서 목소리가 낮아진다는 걸 바로 앞의 한주만이 알 수 있었다.

"박사과정 안 올 거지? 네가 선택해, 네가 말해."

그가 한주의 이마를 손가락으로 툭툭 밀친다. 손가락에 실린 건 분노 같다. 순식간에 아무도 없는 세계로 그녀를 밀어버릴 듯한 분노.

"응, 그럴게."

한주는 자신에게 대해 부정적인 어휘를 너무 자주 떠올린다고 느낀다. 그러나 막상 아니, 라고 대답해본 적은 없다. 머리 위로 또다시 사라지지 않는 눈이 떨어진다. 그 종잇조각들을 보며, 눈이 녹지 않아 저 종잇조각들을 모두 덮어버린다면 얼마나 좋을까, 생각했다.

❋

경찰이 병실로 찾아왔을 때, 한주는 멜론을 먹고 있었다. 어머니가 쥐여준 멜론은 씨가 깨끗하게 제거되어 있었다. 어머니가 깎아주는 과일을 먹는 건 아주 오랜만이었다.

한주가 초등학교 6학년 무렵 IMF가 터졌다. 보험회사에 다니던 아버지는 멀리 떨어진 지방으로 발령이 났다. 월급은 형편없었다. 보건 대학을 졸업한 뒤 주부로 지내던 어머니도 일을 구해야 했다. 직업은 다양했다. 화장품 회사의 방문판매원이었다가 제과점의 아르바이트 직원이었다가 대형마트의 계산원이기도 했다. 그러나 수입은 느는 법 없이 제자리였다. 어린 시절부터 그림을 그리던 한주가 미술을 그만둔 것도 그때였다. 생계 이외의 모든 것은 사치가 되었기 때문이다. 집에 머무는 시간이 줄어들면서 어머니는 깎지 않아도 되는 귤이나 바나나를 사두었다. 한주는 동생과 함께 그 과일들, 그리고 삼각김밥과 컵라면을 먹으며 중고등학교를 졸업했다. 그리고 당연한 듯 국어교육과에 진학했다. IMF 이후 이과에서 공부를 잘하는 애들은 의대에, 문과에서 공부를 잘하는 애들은 교대에 가는 게 정석이었다.

"미술을 계속했으면……"

한주가 알아듣지 못하는데도 어머니는 그다음 말을 삼켰다. 그녀는 그 말뜻은 몰랐지만 어머니의 착잡한 표정을 읽을 수는 있었다. 떠밀리듯 살아왔을 뿐 특별히 대단한 선택을 한 적은 없는데, 이제는 자신과 어머니에게 무거운 책임만이 남은 것 같다고 생각했다.

문이 열리고 경찰과 통역을 담당하는 사람이 들어와 인사를 건넸다. 몇 발짝 떨어져 경찰과 대화를 나누던 어머니는 곧 표정을 빼앗긴 듯 창백해졌다. 데이트 폭행. 통역을 통해 그 말을 전해들은 한주는 어머니에게서 눈을 떼지 못했다. 어머니는 눈물을 참으려는 듯 고개를 들어 천장을 바라보고 있었다. 그녀의 시선을 느꼈는지 어머니는 무슨 말인가를 하는 대신 활짝 웃으며 손을 흔들어 보였다.

※

드문 일이지만 주 언어 능력을 상실하는 경우가 있습니다. 그들 중 일부에서 외국어 사용 가능성이 나타나기도 하죠.

혼자 남은 병실에서 한주는 구글 재팬을 열었다. 아르헨티나, 브라질, 영국, 중국…… 자신과 비슷한 증상을 보이는 사람들을 볼 수 있었다. 그녀는 그들의 얼굴을 가만히 살펴보며 그 곁에 자신을 세워보았다. 혼자가 아니라는 감각이 들었고, 모처럼 깊게 잠들 수 있을 것 같았다.
그리고 한국어를 다시 배우면, 그녀는 잠시 생각했다.

아니요.

싫습니다.

안 하고 싶습니다.

그녀는 거절의 말들을 떠올렸다. 자신을 보호해야 할 때 단호히 뱉을 수 있도록 연습해야겠다고 다짐하면서.

한주는 아직 열기가 남아 있는 노트북을 끌어안았다. 따뜻했다. 그 안에 있는 것 같은, 자신과 같은 모든 사람들, 그리고 또 어떤 사람들. 오늘밤 모두 안녕하기를.

✳

"당시의 폭행을 입증할 자료가 필요합니다."

이주현 형사는 말이 안 되는 요구를 하고 있음을 아는 사람처럼 괴로움에 일그러진 얼굴을 감싸쥐었다.

그 말을 전해들은 날, 한주는 통역을 통해 어머니에게 한글 단어장을 사달라고 부탁했다. 아이들이 쓰는 손바닥만한 단어장을 건네주는 어머니에게 한주는 미안해, 라고 중얼거렸다. 어머니는 한참 한주를 바라보다가 아마 유일하게 알고 있을 일본어로 더듬거리듯 되물었다.

"고마워?"

어쩌면 어머니는 그녀가 이제 누구에게도 사과하지 않

길 바랐는지 모른다. 그녀는 어머니를 바라보며 자신이 틀림없이 그 말을 하려고 했다는 듯 고개를 여러 번 끄덕여주었다.

자료를 제출하라는 날까지 한주는 자신의 이름을 한글로 쓰는 데 온 시간을 할애했다. 폭행 순간의 영상이나 사진, 그 당시의 진단서…… 그를 찾아가 다시 맞지 않는 이상 제출할 수 없는 증거들이었다. 그녀는 주어진 시간 동안 자신이 무엇이라도 했다는 걸 증명하려는 사람처럼 굴었다. 겨우 자신의 이름을 한글로 쓸 수 있게 되었을 때, 피의자로 지목되었던 옛 연인은 증거 불충분으로 풀려났다. 아이가 쓴 것처럼 크고 어색한 글씨를 들여다보던 한주는 이제 이 이름이 한국에선 쓸모가 없겠구나 하는 생각을 했다.

도쿄로 떠나던 날, 한주의 짐은 매우 단출했다. 방에서 자신의 것이라고 할 만한 건 책들뿐이었다. 하지만 더는 필요 없었다. 다만 그녀는 석사논문 앞에서 잠시 멈췄다.

'이런 건 에세이에 가깝지 않나.'

연인은 그녀의 논문을 바람 소리가 날 정도로 휙휙 넘겨 봤다. 그 순간 그녀는 발끝에서부터 뜨거운 것이 몸을 타고 올라오는 걸 느꼈다. 볼까지 발개졌을 땐 부끄러움에 고개를 숙여야 했다. 그러나 놀랍게도 다음날 논문 심사위원장을 맡은 교수로부터 박사과정을 생각해보라는 전화를 받았다.

'나도 네가 아예 재능이 없는 건 아닌 거 같아. 뭐 공부에는 여러 가지가 있으니까. 그런데, 알잖아. 우리 둘 다 공부를 하면, 우리 결혼 못해. 너도, 알지?'

전날 자격 미달의 공모전 작품을 보는 듯했던 표정은 사라져 있었다. 그 심사위원장은 그의 지도교수였으니까. 어느새 두 손을 모으고 비는 듯한 행동까지 하는 그 앞에서 그녀는 박사과정에 가고 싶다는 말을 꺼내지 못했다.

한주는 가만히 캐리어를 들어보았다. 한 손으로 어렵지 않게 들릴 정도로 무게감이 없었다. 이제 그녀에게 남겨진 건 일본어뿐이었다.

아사쿠사바시의 꼬치구이 노인

그해 여름, 도쿄는 사상 최대의 폭염이었다. 도시 전체가 압력솥 안에 들어가 있는 듯 뜨거웠다. 한주는 며칠을 방 안에서만 보냈다. 어떤 계획을 세워둔 것이 아니었다. 그저 서울로부터, 부산으로부터, 한국으로부터 벗어나고 싶었다. 말이라도 마음껏 할 수 있는 곳으로 가고 싶었다. 하지만 정작 도쿄에 와서는 새벽중에 깨어 다음날 아침 잠이 들 때까지 그저 누워 있기만 했다. 숙박비에는 전기세가 포함되어 있으므로 에어컨을 마음껏 켜두었다. 바깥의 체감온도는 41도.

"힘내세요!"

아침 여섯시 뉴스의 기상 캐스터의 말에 그녀는, 네, 도쿄 마음에 드네요, 중얼거리며 그제야 눈을 감고 잠을 청했다. 서울에선 한여름에 친구들과 한강으로 가 맥주를 마시거나, 오래 있어도 눈치가 보이지 않는 커피 전문점에서 책을 읽고 노트북으로 영화를 보며 더위를 피하곤 했었다. 하지만 도쿄에서는 달랐다. 이제 에어컨을 실컷 켤 수 있으니까 방 안에 있는 편이 더 이익일 것 같았다. 그러니 밖을 돌아다니며 일을 구하는 건 늦어도 된다고, 게다가 이런 날씨에 기운을 내서 이것저것 하지 않는 건 당연하다고 도쿄 전체가 그렇게 말해주는 것 같아서 안심이 되었다.

사흘 정도가 흘렀을 때 한주는 밖으로 나왔다. 마실 물을 사기 위해서였다. 막상 나오자 슈퍼마켓이 어디 있는지 모른다는 생각이 들었다. 이곳을 찾아오면서 헤맬까봐 지도를 보는 데만 열중한 탓이었다. 숙소는 아사쿠사바시에 있었다. 정확히 말하자면, JR아사쿠사바시역 동쪽 출구로 나와 구라마에역 방향으로 한참 걸어야 나오는 곳에 있었다. 사람에 따라서 구라마에역과 가깝다고도, 아사쿠사바시역에서 오래 걸어야 한다고도 말할 수 있는 곳이었다.

오래 생각하긴 어려웠다. 아주 잠깐 아스팔트 위에 서 있었을 뿐인데도 볼을 타고 땀이 흘렀다. 우선 큰 도로 쪽으로 나가보기로 했다. 큰 도로에서 가장 먼저 눈에 띈 건 건너편의 파출소. 그쪽으로 건너가자 다시 그 건너편으로 아사쿠사중학교가 보였고, 그 맞은편에 그녀가 찾던 제법 큰 마트가 있었다. 하교시간인지 우르르 몰려나오는 아이들과 마트를 번갈아 보다가, 그녀는 표지판에서 일대의 지도를 읽어보았다. 인근에 스미다구청이 있는 걸 보니 이곳은 아무래도 주택 밀집 지역인 것 같았다.

한주는 스미다구청 방향을 잠깐 바라보다 햇빛을 이겨내지 못하고 우선 마트 안으로 들어갔다. 음료 코너에서 물병들을 보는데 문득 좀더 걸어보고 싶다는 생각이 들었다. 아무런 의욕도 남아 있지 않은 듯했는데 걷다보니 오히려 기운이 났다. 그녀는 당장의 더위를 식힐 작은 탄산수를 하나 사서 밖으로 나왔다.

조용하다고 생각했던 동네는 의외로 가게들이 많고 사람들로 북적였다. 다만 흔한 편의점 대신 오래된 목조건물들이 눈에 띄었고 그 안에서 종이를 접거나 상자를 만지작거리는 노인들을 볼 수 있었다. 아사쿠사바시역에 도착한 한주는 이번엔 아키하바라 쪽으로 가보기로 했다. 한국에서도 관광지로 유명한 곳이어서 그런지 크고 작은 마트들이 즐비했고, 가격도 약간 저렴한 편이었다. 그래봤자 1, 2엔 차이였지만 그녀는 꼭 해야 할 일이 생긴 것처럼 느껴져 즐겁기까지 했다. 계속 걸어볼까 생각하던 찰나 반대편에서 들려오는 한국어 소리에 소스라쳐 뒤돌았다. 도쿄로 오며 그녀는 자신이 한국어를 전혀 할 수 없다는 사실을 받아들였다고 생각했다. 하지만 모르는 말들속에 잠시도 머무를 수 없음을 깨달았다. 그녀는 갑작스러운 어지러움을 더위 탓으로 돌리며 걸음을 재촉했다.

숙소에 다다르기 직전, 한주는 목에 수건을 두른 노인을 보았다. 노인은 가게 입구와 길 사이에 의자를 두고 나와 앉아 은행을 꼬치에 끼우고 있었다. 그녀는 손바닥으로 해를 가린 채 천천히 그 가게와 노인을 바라보며 곁을 지나쳤다. 그리고 잠시 후 노인 앞으로 되돌아왔다. 손차양을 그대로 두고 뙤약볕 아래 한참 서 있었다. 노인이 은행을 마저 끼우고, 어묵을 끼우고, 닭 껍질까지 모두 끼울 때까지 같은 자리에 서서 지켜보았다. 노인은 가게 안으로 잠깐 모습을 감추었다가, 얼음이 든 물 한 잔을 들고 한주에게 천천히 걸어왔다. 그녀는 머뭇거리다 물잔을 받아들었다. 잠시 후 노인은 또 한 잔의 물을 가지고 나왔다. 이번에는 머뭇거리지 않고 마셨다. 그러곤 한주는 노인을 따라 오래된 선풍기가 소리를 내며 돌아가는 가게 안으로 들어갔다.

한주는 가게의 벽면을 가득 채운 책들을 마주볼 수 있

는 자리에 앉았다. 가게 밖에서 보이던 것보다 훨씬 많은 책들이 있었다. 그 책들은 마치 가게가 생기기 이전부터 거기에 있었던 것만 같았다.

　노인이 내온 음식은 생선으로 우려낸 국물에 차가운 면과 조미되지 않은 김을 살짝 담갔다 먹는 여름 요리였다. 식초에 절인 오이도 함께였다. 한주는 마치 물을 넘기듯 한 그릇을 금세 비웠다. 사흘 만에 처음 먹는 음식이었다. 끼워둔 꼬치를 초벌구이하는 데 열중하는 듯했던 노인은 한주가 면을 적셔 먹는 국물까지 비우자 다시 주방으로 들어갔다. 이번엔 볶은 소고기와 방울토마토를 작게 잘라 올린 밥을 가지고 나왔다. 그녀는 얼른 손을 내저었다. 주머니에 든 돈을 헤아리고 있을 때였다.

　"메뉴에 포함이에요."

　노인은 다시 주방으로 들어갔고 이번엔 한국식 숟가락을 가져다주었다. 한주는 그 숟가락을 가만히 내려다보았다.

✳

　"학생입니까."

　한주가 그릇을 거의 비워갈 때였다. 노인은 여전히 불

앞에 앉아 부채질을 해가며 은행을 굽고 있었다. 잠시라도 눈을 떼면 큰일이라는 듯 시선은 움직임이 없었다. 그녀는 고개를 끄덕이다 조그맣게 네, 하고 소리를 내어 대답했다. 그러곤 더는 할말이 없어 다시 숟가락만 내려다보았다.

"나는 대학에서 문학을 전공했고 지금은 꼬치구이를 팝니다."

순간 한주는 누군가 자신의 등을 갑작스레 떠밀기라도 한 듯 그를 바라봤다. 그러자 노인도 그녀를 바라봤다.

"지금은 꼬치구이를 팝니다. 그리고 인생의 어떤 시절엔 문학을 공부했습니다."

자신을 빤히 보는 한주에게 노인이 말했다. 그녀의 입술이 약간 벌어졌지만 무슨 말이 나오지는 않았다. 그는 고개를 돌리고 멈추었던 부채질을 해가며, 꼬치에 끼워진 은행을 주의깊게 살폈다. 한주는 그 움직임을 눈으로 좇다가 입을 열었다.

"문학을 공부했습니다."

다음 말은 오래 참은 듯한 깊은 숨과 함께였다.

"문학을 공부하고 싶었습니다."

그녀의 볼 위로 눈물이 한 방울 흘러내렸다. 그 눈물은 깍지를 끼고 있던 두 손등 위로 떨어졌다.

"계속, 공부하고 있을 줄 알았습니다."

한 방울씩 떨어지던 눈물은 어느새 목에서 올라오는 울음으로 바뀌었다. 노인은 한주에게 등을 보이고 앉아 은행만을 묵묵히 구웠다. 은행을 구운 뒤에는 닭 껍질을 가져왔다. 계속 굽고 구워 시간이 꽤나 흘렀을 때, 한주의 눈물은 멈추었고 해는 졌으며 온도는 떨어졌고 가게 문이 열리며 한 무리의 손님들이 들어왔다. 모든 것이 조금씩 변하고 있었다. 오랜 단골로 보이는 사람들로 북적거리는 가게를 보며 한주는 이 더위에도 어째서 노인이 쉬지 않고 내내 꼬치를 만들었는지 알 수 있었다.

"책을 읽으러 와요, 내키면."

계산을 하러 일어선 그녀에게 노인이 말했다. 그러더니 불쑥, 계산대 위에 책 한 권을 올려놓았다. 식당에 책을 보러 오라니. 선뜻 손을 뻗지 않고 책을 물끄러미 바라보고 있을 때였다. 그는 계산대 아래로 고개를 잠깐 숙이더니 사탕 몇 개를 책 위에 함께 올렸다.

"소금사탕이에요, 땀을 많이 흘렸을 땐 이걸 먹어야 해요."

그녀는 노인이 계산대 위에 올려둔 다자이 오사무의 소설집과 그 위에 놓인 소금사탕을 오래 들여다보았다.

＊

　한주는 그 가게에 머물면서 일을 도왔다. 노인은 첫날 이후 아무것도 묻지 않았다. 그녀 역시 뭘 묻지는 않았다. 다만 책을 읽듯 노인을 지켜보게 되었다.

　그는 손님이 없을 때면 벽면의 서가 앞에서 한참 시간을 보냈다. 누가 보더라도 이미 완벽하게 정리된 책장인데, 책들을 모두 꺼내 이리저리 다시 꽂고 약간 멀리 떨어져 확인한 다음 또 옮겨 꽂아두었다. 마음에 걸리는 것이 없을 때까지 어떤 행동을 반복하는 것 같았다. 그럴 때마다 한주는 빈 테이블에 앉아 책을 읽으며 그의 뒷모습을 바라보았다. 무슨 연관인지 정확히 설명하긴 어렵지만, 그녀는 그런 노인에게 가족이 있다는 사실이 어색하게 느껴졌다. 그는 당시에는 확실히 늦은 나이였을 서른다섯에 지금의 부인을 만나 결혼했고 여전히 함께 살고 있다고 했다.

　얼마 전엔 부인이 오래 걷기 힘든 겨울이 오기 전에 단풍을 봐야 한다고 해서 함께 아사쿠사에 다녀오기도 했다. 부인은 노인과 달리 굉장히 활달하고 다정한 사람이었다. 일본 영화에 종종 등장하는 동글동글한 성격의 귀여운 할머니 같은 구석이 있었다. 아사쿠사는 가게에서 걸어가면 삼사십 분이면 도착하는데도, 부인은 빵 속에 직접 졸인 팥앙금을 넣은 간식을 싸 왔다. 한주는 그 빵을 일부러 크게 베어물었다.

'정말 맛있어요.'

한입 베어물자마자 튀어오르듯 나온 진심이었다. 한주는 그 말에 기뻐하는 부인을 바라보며 손으로 입을 반쯤 가리고 웃어 보였다. 빵을 작게 잘라 우물거리던 노인은 다 먹고서 손에 묻은 가루를 털던 한주에게 자신의 몫을 건넸고, 그다음엔 기다렸다는 듯 부인이 자신의 몫을 건네왔다. 한주는 머뭇거리다 고개를 숙여 감사를 표하고 그 빵까지 달게 먹었다. 노인의 가게에서 일하면서부터 그녀는 음식을 곧잘 먹게 되었다. 식사 후에도 노인이 간식을 주면 거절하지 않았고, 가끔 건너편 카페에서 새로운 원두로 커피를 내렸다고 가져오면 노인이 마다하는 몫까지 마셨다. 조금 급하게 먹는 것이 문제라면 문제였지만 서울에서 달고 살았던 소화제도 도쿄에선 필요가 없었다. 매실절임 덕분일까. 한주는 그런 생각을 하고는 말았다.

그날 노부부의 빵까지 다 먹어버린 그녀가 뒤늦게 부끄러운 표정으로 실례가 많았다는 말을 건네자, 노인은 무심한 말투로 말했다.

'무언가를 좋아하는 건 부끄러운 게 아니지.'

이날 이후, 그에게 가족이 있다는 이야기를 들었을 때 느낀 어색함은 다행스러움으로 바뀌었다. 한주는 그가 자신의 삶을 '문학'과 '꼬치구이'에 빗대어 말하고 있다고 생각했다. 때문에 그가 격랑을 헤치며 살아왔을 것이라 짐작했었다. 하지만 아사쿠사에 다녀온 뒤 그에게도 조용히 흐르는 강물과 같은 시절이 있다는 생각을 하게 되었다. 정말 다행이었다.

"한주는 긴자를 가봤다고 했었나."

언제부터 그녀가 자신의 뒷모습을 바라보고 있었음을 안 걸까. 그녀는 속마음까지 꿰뚫어 보는 건 아닐까 싶어 조심스레 그의 기색을 살폈다. 그는 대답을 들으려던 건 아니었다는 듯 곧 긴자 이야기를 시작했다. 아마 정리중인 책들이 긴자와 관련한 것들인 모양이었다.

한주는 그의 이야기를 들으며 아사쿠사에 대해 계속 생각했다. 풍경들이 바람에 흔들리던 처마, 그 밑에 주르르 서서 아이스크림을 먹던 관광객들과 그들을 기다리던 인력거들, 머리에 쐬면 장수한다는 연기 앞에 모여 고개를 숙인 사람들, 오래 살고 싶다 생각한 적도 없는데 어느새 그 사이에서 함께 고개를 숙인 한주 자신. 또 사기로 만든 고양이 모형 앞에서 신중할 정도로 오래 서 있던 노인과 부인, 그들을 인내심 있게 지켜보던 판매원. 그날 한주는 그들의 뒷모습을 핸드폰 카메라로 찍어두었다. 그 안에 초조하거나 불안하지 않은, 평화롭다고 할 수 있을 시간이 담겨 있다고 그녀는 생각했다.

"이 작가가 재미있었나? 그렇다면 긴자에 가보는 것도 괜찮을 거야. 그가 나고 자란 곳이거든."

한주는 아사쿠사에서 다시 노인의 가게로 돌아왔다. 그녀는 노인에게 다가가 그가 들고 있는 책을 확인했다. 이전에 소금사탕과 함께 건네받았던 소설집의 작가, 다자이 오사무였다. 그는 이런 말도 덧붙였다.

"오는 길엔 책도 좀 사다줘. 진보초에 있는 이 서점에 들러서."

가만히 다자이 오사무의 이름을 보던 한주에게 노인은 책의 제목과 서점 이름이 적힌 쪽지를 들려주었다.

다음날 서점에 갔을 때였다. 일층의 자동문 옆에 서점 직원을 모집한다는 공고가 붙어 있었다. 한주는 경력과 나이에 제한이 없다는 부분을 읽고 또 읽었다. 언젠가 유키노에게 이날의 이야기를 들려주었을 때, 그는 이렇게 말했다. 그렇게 한주가 왔구나, 하고 말이다. 그러니까 노인의 책 심부름을 해주러 갔던 그곳이 바로 한주가 일하게 된 서점이었다.

르 카페 도토루

한겨울의 긴자는 쇼핑을 즐기지 않는 사람들에겐 춥고 혼잡하기만 했다. 책을 사고 긴자로 넘어온 한주는 한참을 헤매다 겨우 자리를 잡았다. 맞은편으로 미츠코시백화점이 바라다보이는 프랜차이즈 카페였다. 그녀는 가방 안에서 자신의 몫으로 구입한 책을 꺼내려다 노인이 부탁한 책을 잘못 집어들었다. 사카구치 안고. 한국에서는 '백치·타락론'이라는 제목으로 나와 있는 책이었다. 그녀는 언젠가 이 작가의 책을 선물받았던 기억을 떠올렸다.

'그게 선물이었나.'

그녀는 잠시 생각에 잠겼다.

'읽어보고 좋다면 돌려주지 않아도 돼.'

학부 시절의 마지막 학기, 그녀의 머릿속은 취업이 아닌 대학원 생각으로 가득했다. 하지만 바로 대학원에 들어갈 학비가 없었고 부모님께 말할 용기도 없었다. 그 용기는 다른 방식으로 터져나왔다. 그녀는 학교의 홈페이지에서 대학원 수업시간표를 뒤졌다. '현대문학 특수과제―식민 조선의 프롤레타리아'. 제목과 시간, 강의계획서를 확인한 뒤 강의실을 찾아갔고 청강생이 되어 한 학기를 보냈다. 수업은 예상대로 재미있었다. 강사가 가끔 틀어주던 일본 대중가요와 마치 자신의 과거인 양 나른한 후회가 깔린 목소리로 들려주던 전공투 이야기도 좋았지만, 그보다는 현장 연구자로 활동하며 그가 직접 수집하고 기록한 7, 80년대 노동자들의 수기와 소설에 온 마음을 빼앗기고 말았다.

농촌에서 올라와 공장에 취직했다가 임금이 너무 낮아서 성매매를 겸했다는 여성 노동자들의 고백이나, 자기 일을 갖고 싶어서 버스 차장이 되었다가 차에서 떨어져 팔을 잃은 후 성매매 여성이 되는 〈영자의 전성시대〉 같은 영화들을 접하면서 왜인지 모르게 그녀는 자꾸만 어린 시절을 떠올리게 되었다. 좋아하는 것들을 들여놓을 자리도 없이 작아지던 방, 글자보다 먼저 배운 그림을 포기해야 했던 순간, 그럼에도 단 한 번 "싫어, 나 이거 하고 싶어" 말하지 못했던 날들. 어릴 때에도 어렴풋이 알고 있긴 했다. '싫어' 혹은 '아니'라고 하면 미안한 마음으로 가족들과 멀어지고 말 거라는 사실, 그래서 차마 그렇게 말하지 못했다는 걸.

그러니까 한주에게는 좋아하는 것들을 지켜낼 힘이 없었다. 이 때문에 그녀는 자신이 가정을 이루는 일, 그것도 텔레비전에서 보여주는 그런 단란한 모습의 가정에 집착했었다는 걸 알게 되었다. 국가와 남성들의 폭력에 희생된 여성 노동자들의 꿈이 어째서 한결같이 결혼을 하고 가정을 갖는 것인지 그 수업에 참여한 모두가 의아해할 때, 그녀는 그 마음을 쉽게 이해할 수 있었다.

시간이 좀더 흘러서는 그 여성들에게 자신이 느꼈던 공감이나 슬픔, 연민 같은 마음을 학술적인 이유로 설명할 수 있게 되었고 점차 그 위로 다른 것들이 쌓여갔다. 만약 이와 관련한 논문을 쓴다면 어떤 방식으로 어떤 이야기를 쓰게 될지 몹시 궁금해졌다. 그럴 때면 그녀는 빨리 나이를 먹었으면 좋겠다고 생각했다. 어떻게든 취업을 해서 대학원에 들어갈 학비를 마련해 다시 돌아오고 싶었기 때문이다.

학기가 절반 정도 흘렀을 때였다. 좋아하는 작가를 묻

는 한 학생의 질문에 강사는 뒷머리를 만지작거리더니 사카구치 안고, 라고 말했다. 누구지, 하는 표정으로 사람들이 두리번거릴 때였다. '백치, 타락론', 한주는 자신도 모르게 소리내어 말하고는 입을 가렸다. 강사와 사람들이 그녀를 바라보고 있었다. 이름만 알고 있었기 때문에 혹시 질문이라도 받을까봐 그녀는 긴장으로 가슴이 뛰었다. 하지만 강사는 곧 시선을 거두었고, 그날 수업을 이어갔다.

그다음 수업시간, 강사는 그녀에게 저 책을 건네주었다. 청강을 허락해주었으므로 그는 그녀가 학부생이라는 걸 알고 있었다. 이후 시간이 흘러, 어쩌면 당연하게도 한주가 선택한 석사논문 주제는 7, 80년대 프롤레타리아 문학과 여성 프롤레타리아였다. 그가 선물해준 책과는 관련이 없었지만, 그녀는 논문을 쓰는 동안 가끔씩 그의 수업과 사카구치 안고를 떠올리곤 했었다.

'도쿄에서 이 책을 다시 만나다니.'

한주는 예상하지 못한 일이 꼭 나쁜 것만은 아니라는 생각이 들었다. 사카구치 안고의 책을 가방에 넣고 자신의 책을 꺼낸 뒤, 그녀는 매장에 비치된 액상크림을 가져와 커피에 넣었다. 따뜻한 커피를 한 모금 마신 후 그녀는 주변을 둘러보았다. 이층엔 젊은 관광객들이 많았다. 모두들 한껏 멋을 냈지만 긴자의 명품숍과는 거리가 있어 보이는 차림이었다. 실내의 따뜻한 공기와 들떠 보이는 사람들 속에 있어서인지 긴자 거리에서 느낀 긴장감이 서서히 풀리고 있었다.

거리를 헤매다 이 카페에 들어왔을 때 메뉴를 보고는 깜짝 놀랐었다. 도쿄에서 다녀본 곳이 별로 없기도 했지만 그녀가 지금껏 가본 카페들 중 가장 비쌌다. 평소라면 돌아 나갔겠지만 이미 여러 카페들을 기웃대고 난 뒤였다. 그나마 긴자의 대로에선 이곳이 제일 저렴해 보였다. 그래서일까, 르 카페 도토루는 마치 긴자 거리의 자선 단체 같았다. 어찌나 반짝이는 가게가 많던지 그림자마저 지워버릴 듯한 곳이 바로 긴자였다. 명품 로고를 달고 있는 가게 앞에는 잘 맞춘 정장을 입은 보안요원들이 당연한 듯 서 있었다. 이 카페는 화려한 긴자에서 한주 같은 이들을 받아주기 위해 만들어진 곳 같았다. 물론 딱 여기까지만 허용된다고, 이 이상은 입장할 수 없다고 조용하지만 단호하게 덧붙이는 듯했다.

This is JAPAN.

한주는 정면의 건물 중앙에 붙은 광고판을 보았다. 미츠코시백화점. 그녀는 식민 시기 건축에는 별 관심이 없을뿐더러 잘 알지도 못했다. 그래도 근대문학 이론서에서 본 적이 있었다. 그녀는 남대문의 신세계백화점이 한국판 미츠코시였다는 것, 그리고 이상이 「날개」를 쓸 때 바로 그 옥상에 올라갔다는 것 등을 두서없이 떠올렸다.

'그때 이런 카페가 있었다면, 이상도 따뜻한 커피 한잔 마시고 나처럼 기운을 냈을 거야.'

도쿄에서 사카구치 안고를 떠올리고, 이상까지 걱정하다니. 그녀는 오늘따라 자신이 좀 엉뚱하다고 느꼈다. 하지만 한번 시작된 생각은 계속 이어졌다. 이상은 평소에도 일본어를 썼을까? 한주는 다시 카페를 둘러보았다. 실내에서 들려오는 중국어, 한국어, 일본어가 각각의 나라로, 각자의 집으로 흩어지는 상상이 따라왔다. 문득 한주는 자신이 곧 노인의 가게로 돌아가야 한다는 사실을 깨달았다. 한국의 집이 아닌 아사쿠사바시에 있는 노인의 가게. 그것이 얼떨떨하기도, 조금은 쓸쓸하기도, 그러나 돌아갈 곳이 있다는 면에서는 다행스럽기도 했다. 비록 그곳에 영원히 머물 순 없다고 해도 말이다. 어느새 창밖으로 진눈깨비가 하나둘 바람에 날리고 있었다.

그후 한주는 긴자의 도토루에 와서 시간을 보냈다. 한국인이지만 한국어로는 더이상 말할 수 없는 사람. 일본어로 말할 수 있지만 일본인은 될 수 없는 사람. 그녀는 자신이 분명히 존재함에도 불구하고 어디에도 속할 수 없다는 생각이 들 때마다 희미해지는 것처럼 느꼈다. 그런 그녀에게 각각의 언어가 모였다가 흩어지기를 반복하는 이 카페는 묘한 안도감을 주었다. 떠남이 예정돼 있는 관광객들 사이에서는 그녀 또한 그다지 특별하게 잘못된 사람처럼 느껴지지 않았으니까.

긴자의 칼가게

꼬치를 굽지 않는 노인은 쉽게 상상되지 않지만, 가게에도 정기 휴일이 있었다. 게다가 그는 꽤나 확고하게 휴일에 대한 신념을 지키는 사람이었다. 물론 중요한 일은 그가 거의 맡아서 했으므로 휴일이라도 한주에게 딱히 달라지는 건 없었다. 끊김 없이 책을 읽을 수 있다는 정도였다.

그런데 그날은 달랐다. 쉬는 날이지만 잠깐 실례하도록 하지, 하고는 노인이 전화를 걸어왔다. 가게에 딸린 방에서 지내던 그녀가 놀랄까봐 미리 연락을 해온 것이다. 그는 가게에 나오자마자 주방으로 가더니 집에서 가져온 깨끗한 종이로 정성스레 칼을 감쌌다. 아마 수백 번은 날을 갈고 손잡이를 고쳐 달았을 그 칼은 이제 두부가 반듯하게 썰리지 않을 만큼 낡아 보였다.

"서로 귀하게 대했으니 이제 보내주어야지."

그는 종이에 싼 칼을 조심스레 서랍장 안에 넣어두고는 그녀에게 새 칼을 사다줄 것을 부탁했다.

"긴자에 그 칼가게가 있어."

한주가 읽던 책을 내려놓고 그에게 다가가려 했을 때였다. 그는 성큼성큼 그녀 쪽으로 와 책을 집더니 벽면 서가에 바로 꽂아넣었다. 늘 그런 식이었다. 손님이 들어오면 읽던 책을 그 자리에 두고 일어서서 맞이하는 그녀와는 달랐다. 원래의 자리에 반드시 가져다두어야만 했다. 때 타지 않게 하나같이 종이 커버를 씌운 책들을 그는 출판사별로 정리해두고 몇 번씩이나 확인했다. 제자리를 마련해두는 것은 책뿐만이 아니었다. 손님이 뜸한 시간, 위생모나 앞치마를 벗어두고 쉴 때조차 그는 늘 한결같은 자리에 그것들을 놓아두었다. 컵이나 나무꼬치를 정리해두는 위치나 구입하는 가게들 또한 오래전부터 정해둔 곳 그대로였다. 모든 것에는 저마다 제자리가 있다는 듯한 태도였다.

"꼭 그 칼이어야 해."

노인은 쪽지에 칼가게의 이름과 주소를 적어 한주에게

건네주었다. 한주는 쪽지를 챙겨 코트 주머니에 넣고 노인에게 다녀오겠다는 인사를 한 뒤 긴자로 향했다.

✻

"저 건물 전체가 다 칼가게들로 이루어졌다는 거야?"

화려한 긴자 거리의 한복판에 서서 한주는 중얼거렸다.

그러다 또 신호를 놓쳤다는 걸 깨달았다. 도쿄에 온 지 두 계절이 넘도록 여전했다. 서울에서도 건널목을 번번이 제때에 건너지 못했다. 물론 도쿄에서는 마음이 다급해지지 않았다. 서울에서 신호를 기다릴 때면 언제나 백 미터 주자 같은 마음이 되었다. 연인과 같이 건널 때는 식은땀마저 배어나왔다.

'정신 차리고 남들처럼 행동해.'

그가 먼저 건너가버려 혼자 남겨지기도 했다. 어떤 날은 그에게 어깨가 잡혀 끌려가듯 건넌 적도 있었다. 그때가 떠오르자 그녀는 머리카락을 누가 위로 잡아당기는 듯한 두통을 느꼈다. 고개를 흔들어 이러지도 저러지도 못하던 자신의 모습을 지워버렸다. 도쿄에는 그 사람이 없다. 그러므로 식은땀을 흘리거나 조급해할 이유가 없었다. 늦더라도 한 걸음씩 정확히 내딛고, 온전하게 통과하는 마음으로 길을 건너고 싶었다.

그러나 생각과 달리 제때 길을 건너는 건 쉽지 않았다. 신호를 놓친 채 자신이 혼잣말을 중얼거리고 있다는 걸 깨닫고 그녀는 헛기침을 하며 주위를 살펴보았다. 그 순간 바로 옆에서 알 수 없는 단어를 읊조리는 소리가 들려왔다. 건널목 앞에서 길을 건너지 않고 혼잣말을 하는 건 그녀뿐만이 아니었다.

"대, 성, 물, 산."

한주는 가만히 그 사람을 바라보았다가 재빨리 앞으로 고개를 돌렸다. 그러다 몰래 다시 곁눈질을 해보았다.

"대성물산."

남자는 방금 전까지 그녀가 올려다보던 칼가게를 바라보며 어떤 단어를 반복하고 있었다. 신호가 바뀌었다는 안내음이 울리던 순간이었다. 두 사람은 고개를 돌려 서로를 마주보았다. 한동안 눈을 떼지 못하고 오래도록 바라보았다. 그러는 사이 신호가 끝나버렸고 한주와 남자는 동시에 붉은색으로 바뀐 신호등으로 눈을 돌렸다. 두 사람 모두 아무 말도 하지 않았다. 마치 누구도 신호를 놓치지 않은 것처럼, 원래 곧장 건널 생각은 없었다는 듯 태연해 보였다. 또다시 신호가 바뀌었을 때에야, 그녀는 누군가 등을 떠민 것처럼 건널목으로 발을 디뎠다.

'반드시 그 칼이어야만 해.'

걸음을 빠르게 옮기며 한주는 생각했다. 뒤를 돌아보니 남자는 아직 그 자리에 박힌 듯 서 있었다. 그 역시 그녀를 바라보고 있었다. 이상한 순간이었다. 모르는 채로 나란히 서서 같은 건물을 보며 아무도 듣지 않을 말을 중얼거리던 시간. 그 중얼거림이 서로에게 가닿은 듯 한동안 마주보고 신호를 흘려 보내던.

하지만 한주는 더이상 남자에 대한 생각을 이어가지는 못했다. 무사히 칼가게에 도착했으며, 새 칼을 품고서 노인의 가게로 돌아왔다. 그 길에 그녀는 지난번에 방문했던 진보초의 서점으로부터 면접을 보러 오라는 연락을 받았다.

노인에게 칼을 건네며, 한주는 흘리듯 면접 소식을 이야기했다. 노인은 종이로 감싸인 칼을 두 손으로 받아들며 나지막이 대꾸했다.

"이제 정말 보내줘야 할 시간이군."

동거인

누군가 한주에게 유키노와 무슨 사이냐고 묻는다면 뭐라고 답할 수 있을까. 적어도 그때라면 별 고민 없이 말할 수 있었다.

동거인.

서점에서 함께 일한 지 반년가량 되었을 때, 두 사람은 이층으로 된 주택에 딸린 작은 집을 하나 얻었다. 그 부동산 계약서 관계란에 둘은 서로를 이렇게 적어넣었다.

❄

서점에 나가기 시작한 뒤에도 한동안 한주는 가게의

작은 방에 계속 머물렀다. 이른 아침, 가게 뒷문을 열고 출근했고, 퇴근 후에는 손님들로 가득찬 가게를 가로질러 방으로 들어갔다. 누군가 본다면 부모에게 아직 얹혀사는 사회 초년생이라 생각했을 것이다. 노인 부부도 별다른 말을 하지 않았다. 다만 문제는 퇴근 후 누워 있다가도, 손님이 오면 벌떡 일어나 물을 나르고 맥주를 채우고 꼬치를 굽는 한주 자신이었다. 누구도 시키지 않았는데 말이다.

가게의 휴일, 노인이 전화를 해서 한주를 바깥으로 불러냈다. 백팔 년이나 되었다는 장어덮밥 가게였다. 노인은 장어를 아주 조금씩, 천천히 먹었다. 원래 먹는 속도가 빠르지 않은 편이었으나 그날 한주가 느끼기에 평소보다도 느릿했다. 할말이 있는 듯했고, 쉽게 꺼내기 힘든 것이 분명해 보였다. 월급을 받으니 돈을 내겠다는 그녀에게 그는 돈을 모아야지, 하고는 계산을 했다. 식당을 나오면서 그는 가만히 한주를 부르더니 제법 두툼한 봉투를 건넸다.

"지금까지 네가 몰래 일한 값이야."

생각지 못한 상황에 놀란 한주가 받을 수 없다고 했지만 노인은 기어이 손에 쥐여주었다.

"가게가 작아서 사람 쓸 일이 없어, 손해야. 그러니 해

고야."

한주는 자신이 어떤 사람인 줄도 모르고 무작정 받아
주었던 노인에 대해 생각했다. 처음엔 그를 의심하기도
했다. 당장 물이나 비스킷 등을 살 만한 돈도 여의치 않았
기 때문에 노인의 가게를 다시 찾아갔지만, 그의 호의를
순수하게 받아들이는 게 쉽지만은 않았다. 그가 배려심
있게 자신을 대한다는 걸 알면서도 취업 사기, 인신매매
등 평생 떠올릴 일이 없을 것 같던 단어들을 인터넷 검색
창에 입력해보기도 했다. 지금이 7, 80년대도 아닌데 그
런 상상을 하냐고 비웃을 사람들이 있을지 모르지만, 한
주는 한국에 있을 때 그런 이야기들을 많이 들었다.

'그 사람들, 가리봉동, 영등포 쪽방 이런 데서 사니까
잘 안 보일 뿐이야. 그렇게 그냥 없는 사람들이 되어가는
거지.'

한주는 그 말을 해주었던 선배 언니를 떠올렸다. 한주
는 그녀에게서 느껴지던 활기를 좋아했었다. 그녀는 한주
가 석사논문을 쓸 때 여러모로 도움을 주었다. 연구하던
분야가 유사하기도 했지만, 무엇보다 언니는 졸업 후 학
교에 남지 않고 현장 연구자의 삶을 택했기 때문에 생생
한 이야기를 많이 알고 있었다. 그때 그 언니가 해준 이야

기에 의하면 이전에 농촌에서 올라온 여성들이 했던 일
을 지금은 이주 여성들이 한다고 했다. 그 주체가 바뀌었
다는 정도가 그나마 달라진 점이었다.

오사카와 후쿠오카, 삿포로, 나하 등지에서 간혹 자신
과 비슷한 호의를 받은 이들의 수기를 몇 개 읽고서 겨우
안심하고 노트북을 덮은 날도 있다. 그러다 어떤 날엔 무
시무시한 상상에 겁이 나서 밤새 검색을 했고, 괜한 사람
을 의심한다는 죄책감에 우울해지기도 했다. 그런 걱정과
의심을 지워준 건 노인, 노인의 부인과 가게의 단골 그런
사람들과 함께한 시간이었다.

한주는 노인의 뒷모습이 점점 멀어지는 걸 바라보았
다. 그가 준 돈을 가방 깊숙한 곳에 넣었고 가게로 돌아와
짐을 정리했다. 그녀는 한동안 에어비앤비를 전전해야 했
다. 노인이 준 돈은 지금까지 한 번에 쥐어본 액수 중 가
장 컸지만, 도쿄의 집값은 너무 비쌌다. 게다가 부동산이
라면 서울에서도 가본 적이 없었다. 인터넷 카페나 대학
내 커뮤니티를 통해 원룸을 알아보고 계약했었다. 부동산
수수료를 아끼기 위해서였다. 도쿄에서도 돈을 아끼고 저
렴한 원룸을 구하고 싶은 마음은 같았다. 하지만 그녀가
정말 부동산에 가는 걸 내켜 하지 않았던 이유는 따로 있
었다.

아니요.

그녀는 부동산에서 그 말을 유독 자주 해야 할 형편이었다. 가진 돈이 풍족하다면 아니요, 라는 말 대신 괜찮겠네요, 정도는 말할 수 있었겠지만 그건 여전히 그녀에게 허락되지 않는 말 같았다. 결국 얼굴을 보지 않고도 생활할 공간을 구할 수 있는 에어비앤비를 선택할 수밖에 없었다. 길어야 한 달, 성수기에는 일주일 남짓 머물 수 있었기에 살림을 마련한다는 건 생각해보지도 못했다. 한주는 주방의 냉장고를 식탁 삼아 편의점 도시락을 놓고 먹었다. 작은 방엔 대부분 전자레인지가 냉장고 위에 있으니 도시락을 데운 후 거기서 바로 먹게 되는 게 일상이었다. 작은 공간에는 냄새도 잘 배었으므로 최대한 빨리 먹었다. 다시 서울에서처럼 한주는 밀어넣듯 음식을 먹어치우게 되었다. 자려고 누운 밤이면, 영원히 이곳에서 벗어날 방법이 없다는 울적함과 그럼에도 어떻게든 적응해야 한다는 체념이 마음속에서 자주 뒤엉켰다.

먼저 같이 살자고 제안한 쪽은 유키노였다. 그즈음 며칠 간격으로 옮겨다녀야 하는 상황에 한주는 무척 지쳐 있었다. 성수기였기 때문에 호스트들은 가격을 올리고 싶어했다. 그렇다고 그의 제안을 덥석 받아들일 수는 없었다. 물론 다른 동료들과 비교해본다면 유키노와 멀다고

할 수는 없었다. 그러나 한 공간에 살 만큼 친밀한 관계도
아니었다.

'유키노와 나는 무슨 관계일까.'

한주는 그 답을 찾지 못한 채, 그러나 거절도 하지 못한
채 며칠을 망설였다. 노인을 만난 뒤 자신의 삶이 잘 모
르는 이들의 호의에 의해 흘러가고 있다고 생각하던 참
이었다. 이쪽에서 먼저 요청하지 않았는데도, 저쪽에서는
도움의 손길을 내미는 상황. 그녀는 그것에 감사했지만
알 수 없는 호의를 또다시 마주친다는 게 불안하기도 했
다. 어서 결정을 내려야 한다는 조바심과 유키노에 대한
생각으로 일하는 내내 머릿속이 복잡했다. 그녀는 쉬는
시간이 되자 창고로 들어가 핸드폰부터 꺼냈다. 이후 이
장면은 유키노가 한주를 놀릴 때 가장 먼저 언급하는 것
이 되었다. 하지만 당시 그녀는 심각했다.

게이와 함께 사는 여자
일본에서 집 셰어하는 문화
게이문화에서 주의할 점
동거 커플 일본사회 인식

얼마나 집중해서 검색 페이지를 살펴보았는지 한주는

핸드폰 위로 그림자가 드리워진 것도 알아채지 못했다. 어깨를 들썩이며 웃음을 터뜨리는 유키노의 목소리를 듣고서야 그녀는 얼굴이 빨개져서 핸드폰을 앞치마 주머니에 던지듯 넣고 돌아섰다. 그는 이해한다는 듯 손을 흔들어 보이며 이렇게 말했다.

"뭘 고민해? 그냥 돈을 합쳐 안전과 공간을 사는 거야."

그는 아주 단순하다는 듯 말했다. 한주는 속마음을 들킨 것 같아 부끄럽기도 했지만, 그의 말에도 쉽게 단순해지지 않아 여전히 심란했다. 한주는 유키노와 다른 사람이었으니까. 하지만 그 순간 변화가 시작된 것만은 확실했다. 이제 그에게 무엇이든 애써 숨기지 않아도 될 것 같았다. 한주는 마음을 바꿔보기로 했다. 무엇보다 이야기를 나눌수록 함께 살자는 그의 제안은 이렇게 들려왔다.

"나 유키노에겐 한주 네가 필요해."

며칠 후 한주는 유키노에게 언제쯤 이사를 할 생각인지 물으면서, 현재 머물고 있는 에어비앤비의 계약 종료일을 함께 알려주었다. 그의 얼굴이 불을 켠 듯 밝아졌다.

한주는 자신이 아주 오랜만에 무언가를 직접 결정했구나 생각했다. 기분 좋은 책임감, 그 일이 바로 유키노와 사는 일이라는 걸 떠올리며 한주는 그에게 말하고 싶어졌다.

"유키노, 나도 누군가 필요해. 그게 너라서 다행이야."

유키노가 발품을 팔아가며 구한 집 바로 옆에는 송전탑이 서 있었다. 도심에 있다고는 믿을 수 없을 만큼 외진 곳이었기에 납득이 되는 가격이었다. 아랫집엔 어린아이를 둔 이십대 부부가 살았는데, 남자가 출근할 때면 아이가 울면서 발을 동동거려 그 소리가 이층의 한주와 유키노 집으로 올라왔다. 옆집엔 근처 대학에 다니는 듯한 남학생 둘이 살았다. 하지만 어떤 날은 네다섯 명의 목소리가 들려왔고, 또다른 날은 가늠하기 어려울 만큼 다양한 목소리들이 밤늦게까지 웅성거렸다. 어쨌든 저마다의 생활에 충실한 이웃들이었다.

출근하기 위해 지하철역에 가려면 편의점을 네 개 정도는 지나칠 만큼 걸어야 했다. 빠르게 걸어도 삼십 분은 족히 걸렸기에 아침잠이 유독 많은 한주는 적응하느라 애를 먹어야 했다. 하지만 꼭 그만큼의 거리를 걸으면 긴자의 그 카페에도 갈 수 있었으므로 집의 위치가 무척 마음에 들었다.

한주와 유키노는 점점 자연스럽게 살림들을 갖추어나가기 시작했다. 그중 두 사람의 생활을 완전히 바꾸어놓은 것은 바로 식탁이었다. 식탁이 생긴 후부터 유키노와 한주는 프리미엄 로손에서 할인하는 스시를 양껏 사서 돌아오곤 했다. 스시를 먹은 후에는 아이스크림과 과자를 늘어놓았다. 와인을 다 비우고는 맥주도 사왔다. 식탁이란 비좁은 공간에서 접었다 폈다 해야 하는 상과는 전혀 달랐다. 식탁은 이전과 다른 생활을 가능하게 해주었다. 편의점에서 가격을 이리저리 살피며 한 끼의 도시락을 사는 대신, 마트의 타임세일에 맞춰 즐겁게 음식 코너를 서성일 수 있게 되었으니까.

"우리가 어떻게 이런 집에 살 수 있게 되었을까?"

한주는 틈만 나면 유키노에게 물었다. 의문이 아니라 어떤 행복감을 확인하는 절차에 가까웠다. 아무리 확인해도 질리지 않는 그런 것 말이다. 그렇게 묻고 있자면, 좁은 방에 우두커니 선 채로 급하게 끼니를 때우던 날들은 금방 뒤로 물러났다.

한주는 그것이 우연히 주어진 행운이라고 생각했다. 하지만 긴자의 도토루 이층에 그가 연락도 없이 나타났던 그날, 한주는 그제야 깨닫게 되었다. 수많은 집들 중 어떻게 그가 이 집을 찾아냈는지 말이다. 그는 한주를 위해, 그러니까 시간만 나면 그 카페에 가서 시간을 보내는 동거인을 위해 이 집을 찾아낸 것이었다.

생각해보면 이상한 날이 있었다. 유키노와 함께 살기 전, 한주는 딱 한 번 우연히 그와 그 카페에 간 적이 있다. 아니, 그걸 우연히, 라고 말해도 될까.

"한국음식 안 그리워요?"

퇴근시간을 앞두고 서가 정리를 하고 있던 그녀에게 유키노가 물었다. 신오쿠보역에 한인타운이 있는데, 하고 서는 그녀의 눈치를 한번 더 살폈다.

"곱창이 특히 맛있어요."

유키노는 좀처럼 금방 대답하지 않는 그녀에게 계속 말을 건넸다. 한주는 여느 때처럼 퇴근 후 도토루에 가려고 했기 때문에 약간 난처한 기분이 되었다. 게다가 얼마 전 유키노를 찾아왔던 낯선 남자 때문에, 그가 신세를 졌다고 생각해서 이러는 거라면 괜찮다고 말해주고 싶었다. 유키노는 답이 없는 한주 곁에서 말을 고르다 생각난 것처럼 말했다.

"긴자, 한주 씨는 긴자 좋아할 거 같아요."

한주는 긴자라는 말에 놀라 그를 빤히 보게 되었다. 유키노가 고개를 끄덕이며 같이 가는 거죠? 묻고 있었다. 그랬으므로 더이상 거절하기가 어려워졌다. 그래서 처음으로 누군가와 함께 긴자에 가게 되었다. 거리를 걷는 동안 그녀는 마치 처음 와본 사람처럼 주위를 두리번거렸다. 유키노를 의식한 탓도 있지만 함께 걸으며 보는 풍경은 혼자 걸을 때 보았던 것과 확연히 달랐다. 미츠코시백화점이 가까워오자 한주의 걸음이 빨라졌다. 그때 유키노가 갑자기 멈춰 섰다.

"저 카페에서 커피 마셔요."

그의 손가락이 가리키는 곳에는 르 카페 도토루가 있었다.

음료를 받고 자리에 앉자마자 유키노는 자신의 이야기를 꺼냈다. 이를테면 이런 식이었다. 처음 도쿄에 왔을 때 아사쿠사에서 인력거 아르바이트를 했다는 것. 어떤 맥락도 없었다.

"아사쿠사에 단풍 구경을 갔다가 인력거꾼들을 본 적이 있어요."

한주가 유키노의 이야기에 반응하자, 그는 그때부터 마치 준비된 녹음을 풀어놓는 사람처럼 이야기를 늘어놓기 시작했다.

"오타루에서 인력거 끌어본 적이 있으니까요, 그것도 경쟁이 치열하더라고요. 그런데 어떤 손님은 몇 걸음 가지도 않는데 갑자기 내려달라고 하는 거예요, 덥고 먼지를 먹었다는 둥, 원래는 탈 마음이 없었는데 호객 행위에 헷갈렸다는 둥 하면서요."

그는 아주 잠깐의 어색함도 허락하지 않겠다는 듯, 쉬지 않고 말했다. 한주는 그녀를 똑바로 쳐다보지 못하는 그가 조금 이상하다고 생각했다. 잠시 딴생각을 하는 사이 유키노의 직업은 바뀌어서 어느새 진보초의 킷사텐에서 서빙하는 사람이 되어 있었다. 그는 거긴 저에게 좀 중요해요, 하며 그곳이 서점에서 일하게 된 계기가 되어주었다고 했다.

"저는 서비스직이 알맞았던 거예요. 사람들 상대하는 게 컴퓨터 화면 들여다보는 거보단 시간도 잘 가고요, 얼굴은 뭐 그닥 나쁘지 않으니까요."

한주는 유키노의 이야기를 들으며 가만히 맞장구를 쳐주었다.

"그래서 한국어를 공부하신 거군요. 관광객들도 올 테니까요."

유키노는 바로 대답하지 않고 입술을 앙다물었다. 생각에 잠긴 눈이 뭔가를 더 말하려나 싶었지만 어깨를 한번 으쓱해 보일 뿐이었다.

"네, 뭐. 도움이 될까 싶어서 배웠죠."

그 머뭇거림이 이상하다고 생각했지만 상대에게 질문

하는 건 한주에겐 쉽지 않은 일이었다. 그럼에도 궁금한 마음이 가라앉지 않아서, 끄덕이는 대신 가만히 커피잔을 바라보았다. 유키노는 화제를 돌리려는 듯 질문했다.

"그런데 늘 보는 책은 뭐예요?"

"다자이 오사무라는 사람 책이에요."

"일본 작가네요?"

둘 사이에 다시 초조한 침묵이 놓였다. 한주는 서점에서 일하고는 있지만 그가 책 읽는 걸 좋아하지 않는다는 걸 알고 있었다.

"여기 긴자에서 나고 자랐대요. 자살 시도도 이 근처 스미다강에서. 소설 속 주인공도 자살 시도를 하고요."

유키노는 바로 그런 심각한 점들이 자신이 책을 좋아하지 않는 이유라는 듯 장난스레 팔짱을 끼고 고개까지 저어가며 되물었다.

"주인공은 그럼 자살로 죽어요?"

"아니요, 주인공은 살고 같이 시도한 여자만 죽어요."

"최악."

한주가 소리내어 웃으며 말을 이었다.

"저도 그 소설은 별로 안 좋아해요."

소설에 대해 이야기하는 동안 한주의 표정엔 활기가 묻어났다. 무언가 아름다운 것을 보고 있는 사람처럼 그녀의 눈동자엔 어떤 감탄이 가득했다. 팔을 크게 벌리기도 했고 어깨가 올라갔다 내려가기도 했다. 유키노는 귀 기울여 들으며 이런저런 질문을 던졌다.

"그럼 무슨 소설 좋아하는데요?"

그 순간 한주가 테이블 앞으로 몸을 기울여왔기 때문에 그는 뒤로 살짝 물러나야 했다. 그녀는 눈치채지 못한 것 같았다. 다만 쑥스러운 듯 앞에 놓인 냅킨을 만지작거리더니 그것을 접었다. 그러면서도 이야기를 다른 데로 돌리지 않고 천천히 이어나갔다.

"「피부와 마음」이라는 소설이 있는데요."

그 이야기를 간단히 줄여버리자면, 한주는 그렇게 시작했다.

"이 소설은 자신이 박색이라고 생각하는 부인이 중매 결혼한 남편을 조건 없이 사랑하게 되는 이야기, 그게 전부예요. 긴자의 비누가게에서 부인이 여학생 시절부터 썼던 비누를 만들던 사람이 바로 그 남편이었거든요."

어느새 냅킨은 새 모양이 되어 있었다. 그 새는 한쪽 날개가 유난히 커서 좌우 대칭이 맞지 않아 반쯤 기울어졌다. 날개가 앞치마의 리본과 닮아 있었다. 그녀의 리본은 항상 한쪽 매듭이 크게 묶여 약간 비뚤어져 있었으니까. 유키노는 그 날개를 바라보다 물었다.

"그런데 왜 제목이 피부와 마음이에요?"

"그게 부인이 피부병에 걸리는데 남편에게 못생겨 보이는 걸 부끄러워하다가……"

그는 소리가 들리도록 한숨을 크게 내쉬었고 아까보다 더 강하게 말했다.

"어휴, 최악 확정."

이번엔 한주가 작게 박수까지 치며 웃음을 터뜨렸다. 그러자 새가 툭, 그러나 멀리 날아가지도 못하고 그대로 바닥으로 떨어질 것 같았다. 유키노가 양손을 모아 추락하는 새를 받아냈고, 그와 동시에 한주도 새를 향해 양손을 뻗었다. 유키노의 손에는 새가, 한주의 손에는 그의 손이 포개어졌다. 이번에는 한주가 몸을 뒤로 빼며 물러났다.

"그냥, 그 두 가지 마음에 대해서 생각했어요."

유키노는 이리저리 새를 살펴보고 있었다. 냅킨으로 만들어졌든, 날개가 비뚤어졌든, 가만히 두고 바라봐주면 그 새가 정말 날 수 있을 거라는 믿음을 간직한 사람처럼. 한주는 그 모습에 점차 마음이 차분하게 가라앉는 것을 느꼈다. 그러곤 누구에게 하는지 모를 말을 조금은 힘주어 덧붙였다.

"못생긴 피부와 아름다운 마음 같은, 항상 동시에 떠오르는 두 가지에 대해서요."

한주는 그날 유키노와 도토루에서 함께 나눈 이야기들을 떠올려보다가 자신이 무언가를 놓친 게 아닐까 종종 생각했다. 어쩌면 소설 이야기에 빠져 착각한 것일지도 몰랐다. 먼저 긴자에 가자고 제안하고, 맥락 없이 아르바이트 내력을 이야기한 것은 유키노였다. 그래서 그때 한주는 유키노가 자신에게 하고 싶은 말이 있다고 생각했었다. 하지만 용기를 내는 데 실패했고 그래서 소설 이야기를 나누다 싱겁게 헤어지고 말았다고 여겼다. 그러나 그게 아니었을지도 모른다. 그는 한주로부터 꼭 듣고 싶었던 말이 있었던 것이다.

'두 가지 마음에 대한 이야기가 그 답이 되었을까?'

한주는 뒤늦게 유키노에게 묻고 싶고, 또 확인하고 싶은 것들이 늘어나고 있다고 생각했다.

실종

유키노가 사라진 건 수도요금이나 전기요금의 납부 마감일을 애써 감각하지 않아도 될 만큼 함께하던 생활에 자리가 잡혀가던 무렵이었다. 그는 모든 것이 함께여서 적당한 사진 속에서 자신만 쏙 빼내어간 사람처럼 사라졌다. 그 어떤 기미도 없이 문을 열고 나가 돌아오지 않는 사람. 굳이 평소와 다른 점을 찾아야 한다면, 아침에 냉장고 문을 열었을 때 반듯하게 썰린 과일과 야채들이 고르게 소분되어 있었다는 것, 아직 내놓을 때가 되지도 않았는데 분리수거할 재활용품들이 차곡차곡 정돈되어 있었다는 것 딱 그 정도였다.

'먼저 출근했나.'

하지만 그는 서점에 나오지 않았다. 한주와 유키노는 동료들에게 같이 산다는 사실을 말하지 않았다. 그래서 그 누구에게도 그의 행방을 물을 수가 없었다. 사흘째가 되어, 유키노가 무단 결근을 하고 있다는 동료들의 수군 거림을 듣고서야 한주는 그의 방에 들어가볼 생각을 했다.

사랑하는 사람과 살고 싶어. 내 자리에서.

한주는 책상 위에 놓인 쪽지를 여러 번 읽었다. 차라리 일본어를 모르면 좋겠다고 생각하면서도, 이렇게 자기연 민에 빠져 있을 때가 아니라는 마음에 밖으로 나갔다. 뛰 느라 그런 것인지 울음을 삼키느라 그런 것인지 숨이 차 올랐다. 어디로 가야 할지 모르겠다는 생각을 하면서도 발걸음은 경찰서로 향했다.

단순 가출, 이라고 경찰이 적는 것을 보며 한주는 그 펜 을 움켜잡았다. 경찰이 놀란 눈으로 바라보았지만 평소와 달리 사과부터 하지 않았다. 대신 한수의 이야기를 꺼냈 다. 한주는 한수를 알고 있었다. 그 사람이 집으로 찾아온 적이 있었다. 그때 한수는 유키노의 집에 찾아온 것이었 지만, 유키노와 한주는 함께 살고 있었으므로 마주칠 수 밖에 없었다. 한수는 한주를 보고 전혀 놀라지 않았다. 오히려 자신의 예상이 맞아떨어졌다는 데서 쾌감을 느끼는 사람 같았다.

'유키노가 저를 여전히 오해하나봐요.'

한주는 한수의 말을 여러 번 곱씹었다.

'저는 늘 유키노에게 진실만을 말해주려고 하는데.'

사실 한주도 한수를 보고 놀란 건 아니었다. 이전에 서점으로 찾아왔던 모습을 똑똑히 기억하고 있었으니까. 설사 그때 한수를 자세히 보지 못했다고 하더라도 한주는 그 사람을 모를 수 없었다. 오해, 라는 말 때문이었다. 한주는 그의 시선을 피하지 않았다. 한수는 마주보고 있는데도 어딘지 다른 곳을 보고 있는 듯했다.

'이것 좀 보세요. 유키노 짓이죠. 저는 병원에 다녀야 해서 일도 못한답니다.'

한수는 불쑥 손을 내밀어 보였다. 한주는 잠자코 그 손을 봤다. 왼손 약지의 반지가 낯익었다. 상처 하나 없이 깨끗했지만 한주는 그 손이 유키노의 목을 움켜쥘지도 모른다는 공포감에 휩싸였다. 한주는 그날 월급의 절반가량 되는 돈을 찾아와서 한수에게 건넸다.

'역시 같은 한국인이라서 말이 통하네요.'

한수는 싱긋 웃으며 말했다. 한주는 막연하게나마 한수가 자신을, 그러니까 한국말을 잃어버린 자신에 대해 알지도 모른다는 생각이 들었다. 그러자 어째서인지 한수가 유키노를 결코 놔주지 않을 거라는 생각이 들었고, 그것은 아주 구체적으로 한주를 짓눌렀다. 한주는 한수를 잘 모르지만, 적어도 그런 남자에 대해서는 너무 잘 알고 있었다. 그가 유키노를 만나게 해서는 안 된다고 생각했다.

한수는 그 이후로 유키노가 없는 틈을 타 한주를 찾아왔다. 한주는 그때마다 모아둔 돈을 조금씩 헐어 건넸다. 유키노와 함께 살면서부터 한주는 미래라는 것을 가끔씩 떠올려보곤 했었다. 이곳에서 학교를 다니면 어떨까, 제과나 제빵을 배워둔다면, 혹은 커피나 꽃은 어떨까. 부지런히 움직이면 지금 정도의 생활을 유지할 수 있겠지. 그러나 그런 것들은 자연스럽게 모두 차순위가 되어갔다. 한수가 유키노를 찾지 못하게 하는 게 가장 중요했다.

경찰서에서는 예상치 못한 문제부터 해결해야 했다. 경찰은 삼십여 년을 한국에서 살았던 한주가 한국어를 하지 못한다는 사실을 의아해했다. 그녀는 경찰이 자신을 위협하는 것도 아니고, 엉뚱한 의문을 가진 것도 아닌데, 마치 그들로부터 도망이라도 칠 것처럼 어느새 주먹을 꽉 쥐고 있다는 사실을 깨달았다. 하지만 이쯤에서 뒤돌아 나가고 싶지 않았다. 유키노를 찾아야 했다. 아니, 적어도 그가 위험하다는 것만은 경찰에게 꼭 알려야 했다.

한주는 스스로도 놀랄 만큼 차분하게 그 이유를 설명해나갔다. 당시 의사의 소견을 전했으며 제대로 된 비자를 발급받아 체류중임을 확인해보도록 권유했고, 현재 근무중인 서점과 부서의 이름을 적어 신원을 보증할 수 있음을 알렸다. 유키노의 실종 신고를 위한 절차라면, 한주는 충분히 감당할 수 있다고 생각했다. 그러니까 그녀는 잃어버린 한국어 때문에 주저앉지 않았다. 그건 이미 과거의 일부였을 뿐이다. 그 순간만큼은 말이다.

정작 난처하게 만든 건 따로 있었다. 한주는 실종인과의 관계를 기입하는 칸을 두고 생각에 잠겼다. 가족이라고 써넣었다가 줄을 몇 번 그어 지웠다. 종이를 한 장 더 달라고 했다.

동거인.

손에 힘을 주어 그렇게 적었다. 부동산 계약서를 작성할 때는 이 단어가 마음에 걸리지 않았다. 그러나 지금은 아니었다. 한주는 유키노와 함께한 시간이 남들의 눈엔 아무것도 아닐 만큼 허술하게 보일 것임을 알았다.

집으로 돌아오자 갑자기 마음속에서 무언가 떨어져나간 것 같았다. 식탁 앞에 앉아 어두워지는 실내를 멍하니 바라보았다. 문득 건너편에 놓인 의자가 눈에 들어왔다. 한주와 유키노는 식탁을 살 때 의자를 세 개 샀다. 한주와 유키노의 의자. 그리고 혹시 모를 누군가를 위한 의자. 하지만 아무도 그 의자에 앉은 적이 없다. 한주에겐 유키노, 유키노에겐 한주뿐이었다. 그 의자는 새삼 그런 사실을 깨닫게 해주었다.

한주는 유키노가 연락도 없이 도토루로 찾아왔던 날을 떠올렸다. 유키노는 한주의 석사논문을 제본해서 가지고 왔다. 한 문단을 한국어 그대로 읽은 후 심호흡을 한번 했고, 그다음엔 그 문장들을 일본어로 번역해서 들려줬다. 대체 얼마나 오랜 시간을 들여 저 문장들을 옮겨 적고, 또 얼마나 자주 입에 맞게 연습해본 걸까. 한주는 한 손으로 가슴께를 움켜쥐었다.

유키노가 서장을 모두 번역해 들려주었을 때, 그녀는 천천히 자신의 논문을 받아들었다. 마치 처음 보는 책인 것처럼 한 장 한 장 넘겨보았다.

나의 친구 한주의 생일을 축하해. 눈의 요정이 너를 지켜줄 거야.

면지에는 그렇게 적혀 있었다. 한주는 건너편에 앉은 유키노의 얼굴을 바라보았다. 이제껏 그녀는 창가 자리에만 앉았었다. 그가 찾아왔으므로 테이블로 자리를 옮겨

마주볼 수 있었다. 그후 한주는 늘 유키노와 마주보고 앉았다. 바로 얼마 전까지만 해도 그랬었다.

갑자기 한주는 한기를 느꼈다. 혼자라는 실감이 나는 듯했다. 홀린 사람처럼 울면서 리모컨을 찾아 집을 헤집고 다녔다. 빈손으로 다시 돌아와 앉았을 때, 리모컨이 식탁 위에 단정하게 놓여 있는 것이 보였다. 그녀는 찾은 적이 없었다는 듯 담담히 그것을 들어 히터를 틀었다. 그럼에도 따뜻해지지 않았다. 방에서 노트북을 들고 나와 냉장고 옆으로 가 앉았다. 오래되어 소리를 내는 냉장고 옆에 기대어 발열하는 노트북을 꼭 끌어안았다. 눈물이 툭툭 노트북 위로 떨어졌다.

턱에 맺힌 눈물을 닦던 한주는 무언가 생각난 듯 손을 멈췄고 곧 서서히 몸을 일으켰다. 시선은 주방 한구석에 정리해놓은 빈 택배 상자들에 닿아 있었다. 그녀는 방 안으로 들어가 서랍에서 수첩을 꺼냈다. 그러곤 그 안에 적혀 있는 누군가가 바로 앞에 와 있는 것처럼 소리내어 중얼거렸다.

"눈의 요정……"

＊

　한주는 고개를 약간 젖혀 역의 벽 전면을 올려보았다. 마치 풍경들을 위한 무대 같았다. 하지만 너무 높은 곳에 있는 풍경들은 쏟아지는 빛을 반사시켰고 그 때문에 눈이 아프도록 부셨다. 한주는 곧 손으로 눈을 가리고 고개를 돌렸다.

　그때 누군가 그녀의 어깨를 치고 지나갔다. 정장 차림의 남자가 돌아보더니 그대로 눈 속을 향해 나아갔다. 한주는 사과를 받고 싶다고 생각했지만 이미 그는 역 바깥으로 나간 후였다. 그사이 열차가 다시 도착했고 우르르 쏟아져나온 사람들 중 한 명이 또다시 그녀를 밀쳤다. 그녀는 피로감을 느끼며 사람들이 지나가는 길목에 너무 오래 서 있던 것은 아닐까 생각했다. 동시에, 그렇다고 해서 자신에게 와 부딪힌 사람들이 잘한 건 아니라는 생각이 따라붙었다. 한주는 덧없는 생각들 속에서 그저 자신이 밖으로 나가고 싶지 않은 것뿐이라는 사실을 깨달았다.

　처음 오타루에 왔던 그해 5월엔 종일 비가 내렸다. 그때 한주는 운좋게 비수기의 비행기표를 구한 것이 아니었다. 연인의 지도교수가 가지고 싶어한다는 스타벅스 홋카이도 한정판 컵을 사야 했다. 누가 들어도 황당한 그의 부탁을 한주는 에둘러 거절했다. 그러자 그는 한주의 석사논문 심사를 맡을 사람 중 한 명이 자신의 지도교수임을 강조했다. 그렇게 반대하더니, 박사과정은 안 밟을 거냐며 그 이후에 대해 상상해보라고 넌지시 조언까지 했다. 그때 한주는 그런 미래까지 생각할 여유가 없었다. 박사논문을 쓴다고 강의를 줄인 그를 대신해 여러 아르바이트를 하느라 물리적인 시간 자체가 부족했다. 하지만 며칠간 세상이 끝난 것처럼 구는 연인 때문에 비행기표를 끊지 않을 수 없었다. 더이상 거절하면 그가 때릴지도 모른다는 두려움 때문이기도 했다. 환전한 돈은 이십여만원이 전부였다. 우여곡절 끝에 찾아간 삿포로역 안의 스타벅스에서 한주는 그 컵을 살 수 있었다.

컵이 담긴 상자의 귀퉁이가 비에 살짝 젖었던 것이 기억난다. 연인은 한주에게 그 상자를 집어던졌다.

'다 망가졌잖아!'

그건 평소에 그가 한주에게 자주 하던 말이었다. 화가 나면 그는 오로지 그 말밖에 못하는 사람처럼 반복적으로 소리쳤다. 실제로 무엇이 망가졌다기보다는, 자신의 화가 풀리기 위해선 한주가 망가지는 것 외에 방법이 없다는 것처럼 들렸다.

'한수도 한 가지 말만 할 줄 알아.'

퇴근길에 갑자기 비가 내린 날이었다. 한주는 우산도 없이 유키노와 함께 빗속을 천천히 걸었다. 컵을 사러 오타루에 갔던 이야기를 들려주자 유키노는 빗물을 관찰하듯 바닥만을 보며 걷다가 말했다. 한주의 발걸음이 멈췄다.

'그런데 확신을 못하겠어. 혹시 한수에게 내가 정말 잘못한 건 아닐까.'

투덜대는 말투였지만 유키노는 울고 있었다. 자신이 이상한 사람을 만난 건 아니라고 생각하고 싶었던 걸까, 아니면 한수를 조금이라도 이해하고 싶었던 걸까. 그런 유키노를 보면서, 한주는 연인이 던진 컵을 주우며 자신의 어리숙함을 자책했던 그날을 떠올렸다.

굵은 눈발 속을 묵묵히 걷던 한주는 어느새 목적지에 도착했음을 알아차렸다. 벨을 누르자 문을 열고 나온 사람이 누군지는 굳이 묻지 않아도 알 수 있었다.

"오타루에는 눈이 정말 끝없이 오네요."

확실히 오타루엔 눈이 너무 많이 온다는 유키노의 말은 결코 오해가 아니었다. 확실하다는 말도 필요 없는 진실이었다. 한주는 그 말을 꼭 하고 싶었다. '유키노 네가 오해한 건 없어.' 물론 그 말을 입 밖으로 꺼내는 대신 곧장 허리를 깊게 숙여 유키노의 어머니에게 인사했다. 그녀 또한 한주를 향해 고개를 숙이며 대답했다.

"이곳의 눈은 원래 이렇습니다."

오타루의 집 1
유키노의 어머니 이야기

냉장고에 기대어 앉아 있던 한주는 유키노의 어머니로
부터 받았던 택배를 떠올렸다. 그녀는 상자에 적혀 있던
주소를 적어두었다. 나중에 자그마한 선물이라도 보내기
위해서였다. 당시 그의 어머니는 한주와 유키노 앞으로
소금사탕을 보내왔다. 그리 특별하달 것도 없었지만 그녀
에겐 의미가 있었다. 어머니를 그리워하면서도 연락을 끊
고 지내는 것 같던 유키노가 여전히 어머니와 연결돼 있
다는 게 어쩐지 안심이 되어서였다. 그녀는 소금사탕의
빈 봉지도 따로 모아둘 만큼 기쁜 마음이 되었다. 이어서
는 자신도 보답을 해야겠다고 생각했다. 유키노에게 말하
면 손까지 내저으며 됐다고 할 것이 뻔하니까 몰래 주소

만 따로 적어두었는데 그게 떠오른 거였다.

그로부터 일주일 후 그녀는 오타루로 향하는 비행기표를 끊었다. 미리 전화를 하면 좋았겠지만 가지고 있는 건 주소뿐이었으므로 찾아가야만 했다. 그러니까 그녀는 자신이 과한 행동을 하는 건 아니라고, 오타루로 가는 내내 반복해서 되뇌었다. 물론 그곳에 유키노가 있을 것이라 생각하진 않았다. 엄밀히 말하자면 그는 사라진 것이 아니다. 떠난다는 메모를 남겼고, 집을 정리한 후 스스로 나간 것이다. 그러나 한주는 유키노의 빈자리를 견뎌야 했다. 그 빈자리가 어떻게 채워질 수 있을지 영영 알지 못한 채 말이다. 그러니 그를 찾기 위해 무엇이라도 해야 했다. 그건 한주 자신을 위한 것이었다. 그의 흔적이 있는 곳이라면, 그에 대한 이야기를 들을 수 있는 곳이라면 어디라도 가봐야 한다고 한주는 생각했다.

한주는 방 안의 벽에 걸린 유키노의 사진들을 하나씩 유심히 보았다. 작은 유키노, 좀 커진 유키노, 거기서 더 커진 유키노. 유키노는 점점 한주가 아는 얼굴이 되어가는 중이었다. 인력거 앞에서 찍은 사진이 있었다. 라멘가게에서 사람들을 향해 인사하는 사진도 있었다. 사진 속 유키노는 대부분 어디선가 일을 하고 있는 중이었다. 사진들을 따라 움직이던 한주가 하나의 사진 앞에서 걸음을 멈췄다. 한주는 그 앞에서 눈을 감고 숨을 죽인 채 고개를 숙였다. 눈물이 볼을 따라 흘러내렸다. 빛에 번진 사진 속에 어린 유키노가 홀로 서 있었다. 사진은 지나치게 밝아서 얼굴의 윤곽이 뭉개진 것처럼 보였고 표정은 흐릿해져서 우는지 웃는지 정확하게 알 수가 없었다. 곧 유키노의 어머니가 차를 가지고 들어올 것이었다. 한주는 눈물을 멈추기 위해 몇 번이나 헛기침을 해야만 했다.

방 안의 공기는 섬뜩할 정도로 차가웠다. 그가 사라졌다는 걸 대체 어떻게 말해야 하는 걸까. 사진 속 홀로 서 있는 유키노를 보며 한주는 누군가 자신의 심장을 밟고 걸어다니는 듯한 통증을 느꼈다.

"유키노와 나는 참 다르지 않습니까?"

한주가 방문 쪽을 돌아보았다. 그의 어머니는 밝은 곳에 서 있는데도 반쯤은 어둠 속에 발을 담그고 있는 사람처럼 그늘져 있었다. 게다가 말투는 아침 드라마에서 보았던 무뚝뚝한 아버지를 흉내내는 것처럼 들렸다. 한주는 그녀가 건네는 차를 두 손으로 받아들었다. 그녀는 딱히 답을 원하는 것 같지 않았다. 한주는 사진을 향한 그녀의 시선을 따라 벽면을 다시 바라봤다. 시시각각 달라지는 유키노와 달리 그녀는 내내 한곳에 붙박인 사람처럼 보였다. 서로를 전혀 모르는 두 사람이 우연히 같은 프레

임 안에 들어온 것이라 해도 납득할 수 있었다.

"어린 시절부터 유키노는 별의별 아르바이트를 다 했습니다."

한주도 유키노의 아르바이트라면 잘 알고 있었다. 그는 자신이 했던 아르바이트들에 대해 말하곤 했지만 그 어떤 것도 과장하지 않았다. 그건 그냥 그가 살아온 시간 자체였으니까.

"가끔 생각했습니다. 다른 엄마들이라면 아들이 그렇게까지 일하도록 내버려둘까, 혼을 내서라도 말리지 않을까 말입니다."

유키노가 사라지고 벌써 열흘이나 흘렀다. 그의 어머니도 알아야 할 것 같았다. 한주는 유키노의 행방을 확인한 뒤 그녀에게 그 사실을 말할 참이었다. 아무래도 유키노가 한수를 따라간 것 같다고, 그러니까 위험에 처했다고 말이다.

'우리 엄마는 내게 아빠가 되어주고 싶었나봐.'

유키노는 과묵한 어머니를 그렇게 표현했다. 언제 말을 꺼내면 좋을지 고민하던 한주는, 마치 준비해놓은 것처럼 자신에게 스스럼없이 이야기를 건네는 그녀를 바라보다 생각했다.

"한주 씨, 저는 오키나와에서 도망쳤어요. 그렇게 도쿄에 왔습니다."

그녀는 미군 부대 근처의 캬바쿠라_{キャバ・クラ}에서 자랐다. 어머니는 잘 모른다. 아마 캬바쿠라에서 일하다 경제력이 괜찮은 남자를 만나 가정을 꾸렸기 때문에 자신을 두고 떠난 게 아닐까 추측만 한다고 했다. 그런 건 굉장히 흔한 일이었으니까. 그곳에서 일하던 사람들은 대부분 어린 나이에 아이를 낳은 미혼모들이거나, 일찌감치 생계에 뛰어든 사람들이었다. 물론 외로움을 잘 타는 어떤 사람들은 손님과 이야기를 나눌 수 있어서 일한다는 말도 들었지만, 실제로 만나보진 못했다. 캬바쿠라의 사람들은 유키노의 어머니에게 손님을 접대하는 일 빼고는 뭐든지 허락해주며 잘 대해줬다. 자신들의 화장품을 만지든, 드레스를 훔쳐 입든 그저 깔깔 웃고 말았다는 것이다.

그녀는 정규교육을 받진 못했지만 그곳에서 이런저런 것들을 배울 수 있었다. 일주일에 한 번씩 가게를 찾아와 취재를 했던 인근 대학의 사람들이 글을 가르쳐주고 대화 상대가 되어주었다. 어떤 이는 담뱃값을 아끼라며 몰래 담배를 하나씩 쥐어주기도 했다. 그녀뿐 아니라 가게에서 일하던 사람들은 그들과 꽤 친하게 지냈다. 책이나 음반 같은 것도 교환했고 휴일엔 밖에서 만나 함께 패밀리 레스토랑을 찾았다. 아무래도 그런 곳은 혼자 가기 쉽지 않으니까. 임신중절 수술로 보호자가 필요할 땐 그들이 산부인과에 동행했다. 가게 사람들과 그 대학 사람들은 서로를 '언니' '동생'이라고 불렀다.

"그런 곳에서 일어나는 일은 다 악몽이고 지옥일 거라 생각하지만 반드시 그런 것만도 아닙니다. 거기도 사람 사는 곳입니다."

한주는 고개를 끄덕였다. 한때 7, 80년대 기지촌문학에 관심을 가진 적이 있다. 당시 성매매 여성들에 관한 자료는 공장의 여성 노동자들의 자료보다 찾기 힘들었다. 다만 그녀가 들려준 이야기와 비슷한 내용을 공장 노동자들의 자료에서 읽은 적이 있었다. 당시 야학에 열심이던 노동자들의 일부는 러시아문학을 직접 번역해 읽기도 했고, 수준급의 작곡 실력을 갖추고 있기도 했다. 그런 이야기는 여러 수기에 다양한 사람들의 목소리로 등장했다. 그러므로 한주는 '모든 것이 악몽이고 지옥인 것만은 아니다'라는 말의 의미를 알았다. 고된 노동으로 사람들이 쓰러져나가는 곳이 공장이었지만, 그럼에도 책을 읽고 글을 쓰고 음악을 듣는 사람들이 있는 곳이었으니까. 쉬는 날엔 함께 맛있는 것을 먹고, 퇴근 후엔 깔깔대며 서로의 지친 어깨를 주물러주던 곳이니까. 물론 그렇기 때문에 '절반의 어떤 것은 확실히 지옥이다'라는 말도 성립될 수 있음을 한주는 알았다.

"그럼 이제 지옥에 대해 이야기할 차례일까요."

열아홉 살 무렵이었다. 그녀는 그날 유독 가까웠던 언니와 미군 부대 근처 가게들을 구경하고 있었다. 밤이 아니었다. 사람이 뜸한 공터를 지나는 길이긴 했으나 분명히 환한 낮이었다. 영문도 모른 채 몇 명의 남성들에게 납치당했다. 그녀는 앞이 깜깜해질 정도로 얻어맞았지만 어떻게든 도망쳤다. 어찌된 일인지 새벽에 미군들에게 발견되어 곧장 병원으로 옮겨졌으므로 정확히 기억나지는 않았다. 남자들의 옷차림이 무척 화려했다는 것, 그 거리 어디선가 요란한 인기 가요 소리가 흘러나오던 것. 그런 것들만이 희미하게 남아 있었다.

'나 분명히 손을 잡고 뛰었어요, 언니는요?'

그녀는 깨어나자마자 언니부터 찾았다. 하지만 그녀가 얼결에 쥐고 도망친 건 그 언니의 가방이었다. 며칠 뒤 언니는 경찰에 의해 그 공터에서 발견되었다. 그들이 다시 버리고 간 것 같다고 했다. 그녀는 언니가 가게에 오면 가방부터 돌려줄 셈이었다. 언니의 가방이라 열어보지 않았다고, 자랑도 할 생각이었다. 하지만 그 언니는 오지 않았다. 다른 언니들에게 물으면 가만히 그녀의 얼굴을 쓸어주거나 말없이 고개만 숙였다. 열 달이 지나고 나서야 언니가 아이를 낳았고 어딘가로 보내졌다는 이야기를 들을 수 있었다. 부모가 이 사건이 알려질 것을 두려워해 경찰에 신고하지 않았다는 것도 말이다.

"나 같은 인간을 알게 되어서 언니가 악마 같은 놈들을 만나게 된 건 아닌지 자꾸만 생각했습니다."

그때부터였다. 그녀는 건물이 낮아 한낮에도 그늘이 거의 보이지 않는 나하 거리를 걷는 일이 끔찍하게 싫어졌다. 왜인지 밝은 빛 속에 얼굴을 드러내는 일이 부끄러웠다. 분명 그 언니와 자신을 끌고 간 놈들도 이 거리를 걸을 텐데, 그것은 그것대로 끔찍했다. 시간이 제법 흐른 후에야 그녀는 언니의 가방을 열어볼 수 있었다. 캐릭터 인형이 매달린 열쇠가 있었고 지갑에는 남자친구로 보이는 사람과 찍은 사진이 있었다. 그리고 클래식 음반 몇 장이 들어 있었다.

다음날 그녀는 그 가방을 들고 캬바쿠라를 떠나 미군만을 상대하는 클럽으로 갔다. 왜인지 모르지만 그냥 그렇게 해야 할 것만 같았다.

'강간을 당하고도 캬바쿠라에서 일하다니 정말 대단하네. 결국 돈 때문 아니겠어? 그러니까 다 본인들의 선택이지.'

캬바쿠라엔 좋은 손님들도 있었지만 그렇지 않은 손님

들도 많았다. 어떤 이들은 돈을 낸 만큼 서비스가 충분하지 않았다면서 대놓고 저런 말을 주고받았다. 캬바쿠라에서 일하니 멸시를 받는 건 당연하다는 듯 말이다. 그녀는 그들이 무례하고 염치 없는 인간들이라고만 생각했다. 그렇게 욕하는 캬바쿠라에 제 발로 찾아와서 그런 말을 하다니 우스웠다. 그런데 이제 그들을 무작정 욕할 수 없을 것 같았다. 클럽으로 가겠다는 결심이 그들이 말하던 '선택'과 비슷하게 여겨졌기 때문이다.

매춘이 자신을 망가뜨리는 일인가? 그녀는 잘 모르겠다고 생각했다. 자신도 거기서 자랐으니까. 그래서 매춘이 나쁘다고 말하면 마음 한구석에 걸리는 게 있었다. 하지만 그걸 두고 선택이라고 하는 사람들 앞에서 고개를 끄덕이는 건, 불가능했다. 캬바쿠라는 궁지에 내몰린 여성들이 혼자 힘으로 살아가기 위해 어쩔 수 없이 찾아온 곳이었다. 무엇보다 강간당한 경험이 있는 여성들은 결심하듯 말했다.

'내가 이겨낼 수 있다는 걸, 내게 일어난 일이 아무것도 아니라는 걸 나는 보고 싶어.'

그들 대부분은 더이상 갈 곳이 없었다. '난 이곳이 좋아' 하고 말하지만 사실은 좋아해야만 하는 것. 그녀는 옳고 그름에 대해 판단해야 할 때면 늘 혼란스러워졌다.

"모든 미군이 저를 구해줬던 그 미군들과 같은 건, 역시나 아니었습니다."

그녀는 그날 손님이 없는 틈을 타 언니의 음반을 가게의 시디플레이어에 넣어보았다. 그러자 그걸 본 미군이 음반을 빼앗아 발로 짓밟았다. 어울리지 않게 클래식을 듣는다는 이유였다. 그녀는 그의 팔을 있는 힘껏 깨물었다. 그는 즉시 총을 꺼내들고 그녀의 머리채를 쥐었다. 한참을 맞고 나서 침을 삼키자 피맛이 났다. 살려달라 해봤자 아무도 오지 않을 거였다. 그녀는 아까부터 사람들이 가만히 듣고만 있다는 걸 알고 있었다. 그녀뿐만이 아니었다. 클럽에서 여성들이 미군에게 맞을 때면 모두들 숨을 죽였다. 여성들은 소리도 없이 죽어나갔다.

"한주 씨, 가장 공포스러운 순간엔 소리가 나오지 않는다는 걸 그 순간 알게 되었습니다."

그래서 그녀는 부러 소리를 내어보려고 했다. 그러나 살려달라는 말을 적어도 그 미군에게 하고 싶진 않았다. 그녀가 내고 싶었던 소리는 웃음이 되어 터져나왔다. 미군은 머리까지 젖혀가며 웃는 그녀를 보더니 술병과 의자를 던져 부쉈다.

"가장 먼저 부서진 건 저였을 것입니다만."

그녀는 거기서 말을 멈추고 더이상 말하지 않았다. 캬

바쿠라와 클럽은 이제껏 한주가 상상조차 해본 적이 없는 세계였다. 그럼에도 불구하고 한주는 '가장 공포스러운 순간에 제일 먼저 없어지는 건 소리'라는 말을 이해했다. 그녀가 공부했던 한국의 여성 노동자들을 통해서였다. 자신의 목소리를 낼 수 없게 된 여성 노동자들은 온몸을 던져 말하려 했다. 말할 수 없는 존재로 만들어버린 작업복을 벗어버리고서. 그러나 그 과정에서 그녀들은 강간과 폭행을 당하고 만다. 겨우 낸 목소리가 또다른 폭력으로 사라졌다는 뜻이다. 열악한 노동 환경과 형편없는 저임금에 항의하며 알몸으로 거리에 나섰던 여성들의 그 시위는 단 한 장의 사진으로조차 남지 않았다.

그 순간 한주는 그녀의 딱딱한 말투가 어디에서 온 건지 짐작할 수 있었다. 진짜 목소리를 감추고 자신을 숨기는 것, 여성으로 느껴지지 않게끔 만들어 누구에게도 얕잡히지 않도록. 아마 그것은 그녀가 자신과 유키노를 지키기 위해 만든 방어선이었을 것이다.

오타루의 집 2
줄리아나 도쿄

천신만고 끝에 도착한 도쿄에는 일자리가 많았다. 1991년이었다. 그녀는 아르바이트가 끝나면, 곧장 시부야의 타워레코드로 달려갔다. 그 언니가 가지고 있던 음반과 같은 것을 구하기 위해 클래식 코너를 기웃거렸다. 처음엔 언니에게 미안해서 음반을 구하러 다녔다. 그러나 그렇게 듣기 시작한 클래식은 금세 그녀의 유일한 낙이 되었다. 그녀는 오키나와를 떠나 도쿄에 온 뒤로 화장도 하지 않고 늘 어두운 색의 옷만을 입었다. 머리를 짧게 하고 남자들의 말투를 흉내내며 다니던 그녀에게 도쿄는 약간의 즐거움도 없는 무미건조한 도시였다. 하지만 타워레코드 안에서 듣는 클래식 음악이 그녀에게 기쁨이 되어주었다. 클럽에서 일할 때에는 시끄러운 소음으로만 들렸던 음악이 새롭게 다가왔다. 좀더 많은 음악을 들어보고 싶었다. 하지만 음반을 마음껏 살 만큼의 돈은 없었다.

타워레코드 안을 서성이다 헐값에 음반을 살 수 있다는 가게 이름을 주워들은 날이었다. 그녀는 그 오래된 음반가게의 이름을 기억해뒀다.

'니혼대에서 공부한 식민지 조선의 작곡가였다는군.'

그 오래된 가게는 마치 거대한 음반 고물상 같았다. 쪼그리고 앉아 음반들 사이를 헤집고 있던 그녀는 갑작스레 등뒤에서 들려온 말에 깜짝 놀라 마스크부터 급하게 끌어올렸다. 가게 주인의 목소리는 그 가게만큼이나 오래된 것처럼 느껴졌다. 나이가 많다기보단 오래된 사람이라는 표현이 어울리는 음성이었다.

'유학을 오기 전에는 일본어를 하지 않겠다고 해서 학교를 그만둬야 했다는데. 음악 안에서는 그런 게 무소용이라는 것인지.'

그녀는 그가 고갯짓으로 가리키는 음반 재킷에 적힌 '정추'라는 이름을 보면서도 경계를 풀지 못했다. 당연히 저 사람은 자신이 오키나와에서 이곳으로 도망쳐온 것을 모를 것이다. 그럼에도 맥락을 파악할 수 없는 그의 말이 자신을 겨냥한 것은 아닌지 싶어 마음이 닫혔다. 그 문을 갑작스럽게 열어버린 것은 예상치 못한 호의였다.

'원하면 그냥 가져요. 저건 원래 안 팔려고 했으니까.'

그는 대수롭지 않다는 듯 그 말을 건네곤 돌아섰다. 그녀는 홀린 듯 그 음반을 집어 가방에 넣으면서도, 세상에 공짜란 없다고 중얼거리며 뒤돌아서자마자 무작정 달렸다. 다시는 이 가게에 얼씬도 하지 않겠다고 다짐하면서. 또 그 호의를 있는 그대로 받아들이고 싶다고 생각하면서.

집에 와서 살펴보니 그건 정식으로 발매된 음반은 아니었다. 누군가 음원을 모아 시디에 복사하여 재킷을 씌워놓은 거였다. 이상하게도 그 음반은 계속해서 듣고 싶어졌다. 어쩌면 이 음반을 만든 사람도 이 작곡가의 음악에서 그녀와 같은 마음을 느낀 건지 몰랐다. 그녀는 한동안 니혼대 앞을 걸으면서 그 음반을 들었다. 한 계절 내내 그 음반만을 반복해 듣던 그녀에게 터무니없게도 음대에 가고 싶다는 생각이 찾아왔다. 원한다고 해서 갈 수 있는 것인지, 또 간다면 자신의 무엇이 달라지는 것인지 그런 의문들은 들지 않았다. 단지 입학하려면 큰돈이 필요할 것이라고만 생각했다.

그녀는 그날 밤부터 클럽 줄리아나 도쿄의 화장실에서 청소를 시작했다.

"좀 기가 막혔습니다. 클럽에서 도망쳤으니 말입니다."

클래식을 듣는다고 구타당했던 클럽으로부터 도망쳤고, 클래식을 배우기 위해 다시 클럽으로 왔다. 처음엔 자신이 하나도 변하지 못한 듯해서 눈물이 넘어왔다. 그땐 좀 단순했습니다, 그녀는 그렇게 말하며 슬몃 웃기까지 했다. 시간이 지나자 그녀는 울지 않을 만큼 적응이 되었다. 다만 이제는 다른 의미로 클럽이란 정말 진절머리난다고 생각하게 되었다.

줄리아나 도쿄의 화장실엔 별의별 것들이 다 버려져 있었다. 한쪽엔 값비싼 것들로 치장한 사람들이 오르는 화려한 무대가 있고, 또다른 한쪽엔 상상도 할 수 없는 쓰레기들이 모인 더러운 무대가 있다. 화려하고 아름다운 것들이 밟고 선 게 무엇인지 그녀는 그때 똑똑히 보았다.

"언젠가 청소를 하는데 정말 좋은 향기가 나는 여자 분이 들어오더군요."

그녀는 마스크를 착용하고 있었지만 그 향기가 너무 달콤했기 때문에 반응하지 않을 수가 없었다. 얼굴이 보고 싶어 마스크를 약간 내리고 허리를 폈다. 그러나 바로 고개를 숙여야 했다. 그 여자는 그녀가 낮시간 동안 근무하는 공장의 생산 라인에서 같이 일하는 동료였다. 동료는 그녀를 보지 못한 모양이었다. 그녀는 이끌리듯 동료를 쫓아 줄리아나 도쿄의 홀로 나가보았다.

귀를 찢을 듯 울리는 음악 소리, 지금 이 순간이면 충분하다는 표정으로 춤을 추는 사람들. 그녀는 곧 동료가 단상 위로 올라서는 걸 발견하고는 멍해졌다. 마스크에 작업복을 입고서 함께 불량품을 골라내던 사람이 아닌 것 같았다. 다른 말이 떠오르지 않았다. 단상 위에 선 동료는 정말 예뻤다. 그리고 행복해 보였다. 다행이다. 그녀는 중얼거렸다. 그것은 진심이었다.

"원없이 음악을 들으며 청소를 했죠"

그러나 그녀는 오키나와의 한낮을 떠오르게 만드는 가요를 듣고 싶지는 않았다. 온몸에 소름이 돋는 듯한 느낌에 언제나 헤드폰을 쓰고 일했다. 그때쯤 그녀에겐 많은 클래식 음반들이 있었다. 볼륨을 최대한으로 키운 헤드폰을 쓰고서 화장실을 청소했다. 간간이 쓰레기통에서 주운 가방이나 옷, 신발과 화장품 같은 걸 내다팔았다. 제법 큰 수입을 차지했으므로 청소부들끼리 경쟁이 붙었다.

라흐마니노프를 듣던 날엔 동료의 팔을 뒤로 꺾어 명품 가방을 가로챘다. 말러가 흐르던 날엔 동료의 정강이를 걷어차서 누군가 흘린 돈다발을 챙겼다. 바흐, 쇼팽, 브람스, 드뷔시 그런 아름다운 음악들과 함께 그녀는 그일을 해나갔다. 다만 정추의 음반만은 절대 들고 나오지 않았다. 만에 하나라도 망가지면 다시 구할 수 없다는 것도 이유였지만, 뭐랄까, 어쩐지 그냥 그러고 싶었다. 정추의 음악을 들으면서 누군가의 정강이를 발로 차거나 팔을 꺾고 싶지는 않았다.

깜박 잊고 시디플레이어에 넣을 음반을 가져오지 않은 날이었다. 한숨을 내쉬어봤자 변할 것은 없었다. 아무 소리도 들리지 않는 헤드폰을 쓰고 화장실로 갔다. 여느 날처럼 쓰레기통을 둘러싼 경쟁이 치열했고, 그날은 몸싸움까지 붙었다. 같은 사정은 아니어도 각자의 어려운 사연은 있을 테니까. 그날의 동료들도 만만치 않았던 것이다. 그녀가 한 동료의 머리채를 잡아 밀친 순간이었다. 쓰고 있던 헤드폰이 바닥으로 떨어졌다. 하지만 곧장 주워 들지 못했다. 헤드폰을 줍기 위해 고개를 숙였을 때 반쯤 열린 화장실 문 사이로 뭔가 보였다. 그녀는 본능적으로 문을 열어젖혔다. 곧 문이 서서히 닫혔지만, 그녀는 누가 막고 서 있기라도 한 것처럼 한동안 움직이지 못했다. 가만 안 두겠다는 듯 멀거니 선 그녀를 밀치다가 문을 연 동료는 귀신을 본 듯 자지러지더니 먼저 자리를 박찼다.

그녀는 흘러내리는 물처럼 바닥으로 주저앉았다. 어느새 그녀의 곁엔 후드티를 입고 자그마한 백팩을 멘 낯익은 여자가 서 있었다.

'분명 언니와는 오키나와의 나하에서 헤어졌는데……'

아이를 낳고 그 아이를 어디론가 보낸 뒤, 그 자신 또한 어디론가 보내졌다는 언니. 그녀는 양손으로 귀를 막았다. 클럽의 시끄러운 소음이, 가요들이 다시 선명하게 들려오고 있었다.

'그때 언니는 얼마나 무서웠을까?'

그녀는 이제껏 생각한 적 없었던 어머니를 떠올렸다. 그러자 거부할 수 없도록 주어진 것을 자신의 선택인 양 받아들여야만 했던 이들이 따라붙었다. 그 선택에 책임지지 않았다는 이유로 비난받았을 사람들도 생각났다. 캬바쿠라의 사람들, 그 언니, 그리고 어머니. 그녀는 바닥에 떨어진 헤드폰을 끝내 줍지 않았다. 대신 화장실의 문을 활짝 열었다.

그때까지 그녀는 어떤 것을 줍게 되더라도 원래 자신의 것인 양 당당했다. 어차피 다 가진 사람들이 흘린 거 좀 주우면 어떤가 싶었다. 부자들이 있으니 나 같은 가난한 인간이 생겨났고 말이야, 세상은 그 따위 방식으로 균형을 맞추는 거 아닌가. 언젠가부터 그녀는 그렇게 생각하는 사람이었다. 하지만 그날처럼 알 수 없는 감정에 온몸이 떨린 적은 없었다.

"단 한 번, 저도 그 단상 위에 올라가본 적이 있습니다."

그녀는 그 갓난아이, 그러니까 유키노를 안아들고 춤

추는 사람들로 정신없는 단상 위로 뛰어 올라갔다. 저절
로 다리가 그리로 움직였다. 그 순간이었다. 음악과 음악
의 사이였던 것일까, 갑자기 음악이 전환되면서 눈이 멀
도록 강렬한 조명 하나가 머리 위로 쏟아졌다. 그녀는 아
이를 안은 채 우뚝 멈췄다. 사람들은 환한 빛 속의 그녀를
보고 떠나갈 듯한 박수를 쳤다. 화려한 옷으로 감싸인 아
이는 울지도 않고 축복받은 양 방긋거리고 있었다.

"그날이 바로 내가 주인공이 된 날입니다."

그녀의 이야기를 말없이 듣고 있던 한주의 눈에 눈물
이 고였다. 유키노는 이 사실을 이미 알고 있었던 것일
까?

"줄리아나 도쿄는 클럽이지만,"

그녀는 아직 그 단상 위에 서 있는 것처럼 환하게 웃으
며 말을 이었다.

"저에겐 단지 클럽만은 아닙니다."

고였던 눈물이 볼을 타고 흘러내려 턱가에 맺혔다. 유
키노를 만나러 오타루에 왔지만 그는 이곳에 없었다. 하
지만 새로운 사실, 유키노의 처음에 대해 한주는 알게 되
었다. 한주는 유키노를 만나게 된다면 꼭 말해주고 싶었
다. 유키노 네가, 그렇게 이곳으로 와주었구나, 하고.

　　　　※

"원래는 한국으로 도망가볼까 했습니다."

유키노의 실종에 어떤 단서라도 주겠다는 듯 자신의 과거를 들려준 유키노의 어머니는 오타루역까지 한주를 배웅해주었다. 그때만 해도 오키나와인들은 일본인이 아니라는 말을 많이 들을 때였다. 오키나와인들이 겪었던 어려움 중의 하나는 오키나와 사투리였다.

"말이 전혀 통하지 않는 곳에서 내 일본어는 그냥 일본어일 테니 말입니다."

한주는 그녀의 손을 잡아주고 싶었다. 그리고 자신의 일본어는 어떻게 들릴지 궁금해졌다.

"한주 씨, 무언가를 선택할 수 있는 삶은 얼마나 행복한 삶입니까."

눈은 쌓여가면서 녹고 있었다. 반짝이는 결정체들이 나타났다 사라졌다.

"분명하게 고르거나 버리지 못하는 경우가 삶에는 훨씬 많습니다. 받아들여야만 하는 일이 인생에는 늘 있습니다. 하지만 사람들은 그걸 선택이라고 말합니다."

한주는 눈물을 보이고 싶지 않아 고개를 돌렸다. 어디를 보아도 이곳은 눈밖에 없었다.

"한수가 저를 찌른 적이 있습니다."

한주는 차라리 눈을 감았다. 눈을 뜨면 그녀에게서 기어이 그 말을 들어야 할 것 같았다. 유키노는 절대 다시 나타나지 않을 거라는 말. 그래서 더욱 필사적으로 눈을 감았다. 눈물이 목까지 흘러내리는 것이 느껴졌다.

한주는 그렇게 말하고 싶지 않았다. 두 사람을 떠난 것이 유키노의 선택이라고.

❄

한주의 연인은 모든 사람들에게 친절했다. 식당의 종업원이 물을 가져다주면 일어서서 받았고, 지나가며 인사하는 학생들에겐 항상 웃는 얼굴을 보이면서 초콜릿 하나도 따로 받지 않았다. 물을 받고 난 후 욕을 중얼거린다거나 학생들의 스터디 모임을 봐준다는 핑계로 술자리를 갖는다는 건 오로지 한주만 알고 있었다.

식당에서 일하는 아주머니가 그의 주문 하나를 듣지 못한 날이었다. 그는 몇 번이나 사과하는 아주머니에게 괜찮다고 말했다. 대신 밥을 먹는 내내 식탁 밑으로 한주의 정강이를 걷어찼다. 한주가 소리를 지르려고 하면 발을 밟았다. 그 식당에 오자고 한 건 한주였기 때문이다.

손님이 별로 없던 식당에서 그는 양해를 구하고 텔레비전의 볼륨을 키웠다. 한주의 비명은 소음 속에 묻혔다. 한주는 그 순간 그 어떤 소리도 내지 못했다.

"줄리아나 도쿄."

그날 식당에서 텔레비전을 보던 그가 중얼거리듯 내뱉은 말이었다. 텔레비전에서는 〈Back to the 90's〉라는 프로그램이 방영중이었다. 한주가 중학교 시절 보았던 가수 이정현의 영상이 나오고 있었다. 한주의 연인은 그녀와 같은 국문학과였지만 세부전공이 달랐다. 그는 문화사를 바탕으로 하는 대중문화 연구자였다. 하지만 문학을 전공한 한주에게 줄리아나 도쿄는 낯선 이름이었다. 그게 무엇인지 곧장 되묻진 못했다. 입을 열면 비명이 터져나올 뿐이었다. 절뚝거리면서 집으로 돌아온 한주는 정강이에 약을 펴 바르며 줄리아나 도쿄를 검색해보았다. 이상하게도 자료가 별로 없었다. 줄리아나 도쿄의 무대 위에서 여성들이 부채를 들고 추던 군무가 훗날 한국의 아이돌 군무에 영향을 주었다는 내용과 대구에 있다는 동명의 나이트클럽 사진들이 전부였다. 한주는 몇 장 되지 않는 사진 속 일본 여성들의 얼굴을 뚫어져라 쳐다보았다. 어쩐지 모두 자기 자신에 충실한 사람들처럼 보였기 때문이었다.

"나도 줄리아나 도쿄에 가보고 싶어."

다음날 한주는 그에게 조심스럽게 이야기를 꺼냈다. 그의 혼잣말을 자신이 잊지 않고 찾아봤다고 말하면 당연히 좋아할 것이라 생각했다. 그러나 그는 차갑게 대꾸했다.

"거긴 없어졌다니까."

한주의 짐작과 달리 분위기가 몹시 나빠졌다. 그녀는 이후에 펼쳐질 상황을 너무나 잘 알았다. 식당을 나오자마자 그는 한주를 골목으로 끌고 가 이마를 툭툭 밀쳤다.

"나랑 다닐 땐 입 다물라고 했지?"

이것이 그의 시작이었다. 그 때문에 한주는 스트레스를 받는 일이 생기면 누군가 이마를 반복적으로 치는 느낌에 고개가 뒤로 젖혀지곤 했다. 이제 그는 자신이 학교와 세상에서 받는 모욕에 대해 말하면서 한주의 양볼을 쳤다. 이마와 볼을 밀치는 손에 점점 더 힘이 들어갔고, 그녀의 목이 꺾이면서 숨이 턱까지 치받치는 기분이 되었다.

"너랑 먹은 밥은 기억이 하나도 안 나."

늘 잘 견뎌왔는데, 어째서 그 순간 그런 말을 하고 말았는지 한주는 알 수 없었다. 하지만 사실이었다. 그와 밥을 먹고 집으로 돌아오면 항상 다시 밥을 먹었다. 이것저것 늘어놓고 밀어넣듯 음식들을 삼키고 나서야 간신히 잠들수 있었다.

"내가 왜 공부를 계속하고 싶었는지 알아?"

한주는 그 이야기를 해주고 싶었다. 자신이 석사논문에 썼던 여성 노동자들, 그 시절 여성들의 이야기 말이다. 남자에게 그렇게 당하고도 자신과 함께해줄 남자를 기다리고, 그들과 가정을 꾸리기만을 고대하며 고단한 환경을 참아내는 것으로 귀결되던 여성들의 이야기. 남자에게 맞으면 그것 역시 자기 잘못이라고 자책하며 마치 죗값을 치르듯이 자신을 파괴하는 여성들의 이야기. 한주는 자신이 그 여성들을 어떻게 이해할 수 있었는지 말해주고 싶었다. 그들은 자신만의 가족을 가지고 싶었던 것이다. 물론 그 가족이란 남편이 있고, 아내가 있고, 자식들이 있는 그런 관계만을 말하는 것이 아니었다. 한주도 처음엔 그들이 그런 가족을 이루고 싶어한다고만 생각했다. 하지만이젠 확실히 알 수 있었다. 그들이 원했던 가족은 그저 서로의 이야기를 온전히 들어주고 감싸주는, 좋은 일을 함께 나누고 의지할 수 있는 관계를 의미하는 것이었다. 한주 역시 마찬가지였다. 한주가 정말 원했던 건 텔레비전속 단란한 모습의 가족만이 아니었던 것이다. 하지만 단한 번도 그는 그걸 물어본 적이 없었다. 아니, 한주에게 무언가를 물은 적이 없었다.

"나는 공부를 하고 싶어."

예상치 못한 한주의 반응에 그가 멈췄다. 그러곤 피식 웃더니 닥치는 대로 때렸다. 한주가 몸을 웅크리고 바닥에 주저앉았다. 그걸 본 식당 아주머니가 달려나와 그녀를 감싸안으며 소리쳤다.

"이러다 이 아가씨 죽어!"

낯선 사람의 등장에 그는 갑자기 옷매무새를 가다듬고는 깍듯하게 사과했다.

"소란을 피워 죄송합니다."

그다음의 장면들은 한주에게 남아 있지 않다. 그가 한주를 무시하고, 그가 한주를 때리고, 그가 사람들에게 사과하고, 그가 한주를 다른 곳으로 데려가고, 또 그가 한주를. 언제나 반복되는 상황이 똑같이 이어졌을 것이다. 다만 한주는 그날 그에게 말하지 못했던 또다른 마음만을 또렷하게 기억했다.

"나도 내 인생의 주인공이 되고 싶다고, 너에게서 벗어나서."

2

✳ 유키노의 이야기

상담 #1

빛에 번진 사진 한 장

내 이름은 유키노, 살았던 곳은 오타루와 도쿄, 태어난 곳은 도쿄 미타역 근처 공업지구 어느 모텔의 욕조 안. 특이사항은,

의사는 유키노가 특이사항이라고 쓰여진 칸을 두고 펜을 고쳐 잡는 것을 지켜보았다.

"특이사항에 쓰려던 말은 무엇입니까?"

"저는 성소수자입니다."

"그렇군요. 그건 참고란에 써주세요."

의사는 유키노가 상담 일지의 칸을 채워나가는 것을 보며 해야 할 말들을 추려보았다. 일반적인 경우라면 확

인된 증상을 바탕으로 적절한 약물을 처방한 후 통원 상담과 같은 치료법을 권유했을 것이다. 그리고 이때의 상담은 주로 환자의 이야기를 듣는 것으로 진행된다. 지나친 질문은 오히려 환자를 위축시킬 수 있기 때문이다. 하지만 유키노의 경우는 달랐다. 정신 감정에 한 달이나 걸리냐는 이들도 있었지만, 어떻게 보면 이조차 짧은 시간일 수 있었다. 의사가 좀더 적극적으로 개입할 필요가 있었다.

"글씨를 잘 쓰시네요."

"어머니가 글씨를 잘 쓰세요."

유키노의 필체는 이제 막 글씨를 배운 사람처럼 단정했다. 자신의 필체에 대한 이야기에도 곧장 어머니를 떠올리는 유키노를 보며 의사는 넘겨받은 자료를 다시 한 번 곱씹어보았다.

유키노에게 성정체성에 대한 자각은 분명한 형태로 찾아왔다. 중학교에 입학하고 야구부에 들어갔을 때였다. 중학교 야구부는 마치 성인잡지를 합법적으로 돌려보기 위해 만들어진 동아리 같았다. 유키노도 동아리 활동에 열심이었으므로 그런 친구들 사이에 자연스레 섞여들었다. 다만 사진을 한 장이라도 더 오래 보기 위해 고군분투하는 부원들 사이에서, 유키노는 그 적나라한 사진들보다

발기된 친구들의 성기가 더 눈에 들어왔다. 그날부터 유키노는 며칠 정도 생각에 잠겼지만 곧 그 사실을 담담하게 받아들였다. 마치 오래 기다리던 친구가 드디어 약속 장소에 나타난 것과 같은 안도감까지 느꼈다. 더 자라서는, 일본이라는 나라가 성소수자를 드러내놓고 비난하는 분위기가 아니어서 그랬는지도 모른다고 생각했다. 물론 그런 분위기는 성소수자에만 한정된 건 아니었다. 유키노가 느끼기에 자신의 나라는 어떤 면에서든 대부분 잠잠했다. 그것이 평화로운 고요라기보다는 누군가의 비명을 숨기기 위해 입을 막고 있는 것과 같은, 폭발 직전의 고요함이라는 건 역시나 시간이 좀더 흐른 뒤에야 알게 되었다.

"혹시 성소수자로서 직접적인 혐오를 받은 일이 있었나요?"

의사는 유키노의 '폭발 직전의 고요함'이라는 말에 알겠다는듯 고개를 끄덕였다. 의사는 도쿄 출신이었다. 유키노는 생각에 잠긴 듯하다 굳이 숨길 것도 없다는 듯 홀가분한 표정이 되어 다시 이야기를 이어갔다.

도쿄로 이주한 지 얼마 되지 않았을 때였다. 성소수자 모임에서 만난 이와 신주쿠 산초메역 근처의 게이 전용 공간에 갔었다. 그 주변엔 게이들을 위한 공간이 많았다.

클럽이나 바쁜만 아니라 가정집 같은 밥집이나 밝은 분위기의 카페 같은 곳들도 많았다. 그날 유키노는 한 가게 문 앞에 써붙여진 문구를 보고 그대로 멈췄다.

—일본인과 한국인만 입장 가능. 미국·유럽 등 타지역 게이 출입 금지.

'이게 무슨 뜻이죠?'

처음 만난 사이였으므로 평소의 유키노라면 절대 이렇게 직접적으로 묻지 않았을 것이다.

'그냥 우리끼리 놀자는 거죠. 비슷한 사람들끼리요.'

다시 한번 유키노는 어리둥절해졌다.

'비슷한 사람이요?'

유키노는 차마 '그럼 미국인이나 유럽인은 우리와 달라요?'라고 묻지 못했다. 공격적이라 여겨질까봐 염려되었던 것이다. 그는 유키노가 첫 만남이라 긴장해서 그러는 모양이라고 생각하는 듯했다. 별 대꾸 없이 웃으며 유키노의 손을 잡아끌었다.

유키노는 그와 헤어진 뒤 다시는 연락하지 않았다. 유키노는 한동안 혼란스러웠다. 그 사람은 다정했고 자신의 성정체성에 갑자기 변화가 생긴 것도 아니었다. 그럼에도 그는 물론이고, 그 공간도 별로 궁금해지지 않았다. 이후 그 문구를 떠올릴 때면 마치 강제로 입이 틀어막힌 사람을 보는 듯한 기분이 되었다. 그 끝엔 자신도 그렇게 될지 모른다는 두려움까지 따라붙었다. 그 기분은 쉽게 떨쳐지지 않았다. 생각 끝에 유키노는 이와 비슷한 감정을 이전에도 느낀 적이 있음을 기억해냈다.

어린 시절부터 유키노의 마음을 어렵게 했던 사진이 있었다. 유키노는 종종 빛에 번져 반쪽만 남은 듯한 그 사진을 떠올리곤 했다. 그 사진이 찍히던 날, 아무 말 없이 자신을 내려다보던 어머니의 눈동자도.

✻

중학교 입학을 며칠 앞둔 날이었다. 유키노는 어머니의 화장대 서랍을 열고 용돈을 꺼내려다 잘 정돈된 사진 몇 장과 음반들, 음악회 티켓 묶음을 발견했다. 유키노는 고개를 돌려 벽에 걸린 시계를 확인했다. 당시 어머니는 오르골당 건너편 증기시계 앞에서 관광객들을 안내하는 일을 하고 있었다. 아직 돌아올 시간이 아니었다.

"어머니가 음악을 좋아하셨나봐요?"

"음대에 가고 싶었대요."

그 말을 하는 유키노의 얼굴에 웃음이 번졌다.

"스무 살 때였나, 스물한 살이라고 했었나. 오키나와에 있는 미군 부대의 클럽에서 도망쳤다고 했어요. 맨발로, 맨발로 도망쳤대요. 아무래도 음대에 가고 싶어서 도쿄로…… 저는 그럴 거라고 생각해요."

주로 시에서 주최한 무료 공연 티켓들이었다. 희미해진 날짜엔 유키노가 모르는 겨울과 봄, 여름과 가을이 있었다. 그 티켓들은 어머니의 어떤 시절 그 자체였다.

"기억하고 있는 이름이 있나요? 음반이나 티켓에 써 있던……"

의사는 유키노의 어머니가 어떤 음악을 들으며 그 시절을 버텼을지 궁금했다. 그걸 안다고 해서 지금 이 사람이 들려주는 두서없는 이야기들의 빈 곳이 메워지지는 않겠지만 말이다.

"아마, 정추. 무슨 이름인지는 잘 모르겠어요. 왜냐면 제가 본 건 어머니가 쓴 글씨였어요. 정추라는 이름을 따로 적어뒀거든요."

의사는 이 이름을 메모해두었다. 연주자인지 작곡자인지 알 수 없었다. 어쩌면 음악과는 상관없는 사람일지도 몰랐다. 어쨌거나 유키노의 어머니에게 특별했다는 것만은 확실했다. 그런데 그는 왜 이 이름을 궁금해하지 않았을까. 의사는 곧 그 이유를 알게 되었다.

어린 유키노를 사로잡은 건 정추가 아니었다. 어떤 여

자가 찍힌 사진에 저절로 손이 갔다. 사진을 집어든 순간에도 그 여자를 알아보지 못했다. 가까이 가져와서 보자, 한 무리의 사람들과 널따란 무대를 배경으로 서 있는 그 여자에게서 어머니의 얼굴이 보였다. 어머니를 가운데 두고 양옆으로 선 사람들은 어깨가 한 뼘씩은 더 있는 화려한 옷차림에 손에는 커다란 부채를 들고 있었다. 유키노는 그 사진을 한참 바라봤다. 어머니의 옷차림은 평범하기 그지없었다. 셔츠 깃은 잘 가라앉아 있었고 스커트는 반듯했다.

유키노는 어머니가 껴안듯 감싸고 있는 것이 자신임을 직감했다. 환하게 웃는 어머니를 따라 미소짓던 그의 눈과 코가 이내 시큰해져왔다. 어째서 알아보지 못했는지 뒤늦게 깨달았기 때문이다. 어머니는 그때까지 유키노에게 화를 내거나 소리를 지른 적이 없었다. 크게 웃거나 운 적 또한 없었다. 환하게 웃으며 카메라를 분명하게 응시하고 있는 어머니는 낯설었다. 하지만 어쩐지 그 표정이 더 어울린다고 생각되었다.

"그 사진을 가지고 계신가요?"

유키노는 끄덕이다 한동안 생각에 잠기더니 이내 다시 고개를 저었다.

"가지고는 왔는데, 그 아파트에 있어요. 베란다 옆 창고

에 캐리어가 있을 거예요. 그 속에 파우치가 하나 있거든
요. 거기에 있어요."

"그 아파트라면요?"

"아, 네. 제가 지냈던 그곳이요."

의사는 들고 있던 펜의 뚜껑을 열었다. 그 아파트에서
유키노는 일 년가량 거주해온 것으로 되어 있다. 장기체
류에 알맞은 비자를 받아 한국에 입국한 외국인이었고,
집을 얻으며 제대로 된 등록 절차 또한 밟은 상태였다. 이
런 경우라면 '집'이라고 하지, '그 아파트'라고 하진 않을
터였다. 그러나 의사는 바로 적지는 않았다. 고개를 끄덕
이고는 잊지 않았다는 듯 앞선 이야기로 돌아갔다.

"혹시 어머니로부터 방치되었다고 느끼시나요?"

유키노는 고개를 저었다. 오히려 그 반대였다. 유키노
가 초등학교에 입학하던 날이었다. 그가 기억할 수 있는
어린 날부터 어머니는 항상 돈을 벌기 위해 바깥에서 일
을 해왔다. 그날도 어머니는 평소처럼 이른 아침에 집을
나섰기 때문에 유키노는 유치원을 함께 다녔던 친구의
손을 잡고 학교에 갔다. 그래서 어머니가 좀체 보기 힘든
필름카메라를 들고 입학식에 참석했을 때에도, 곧장 달려
가 안기지 못하고 애꿎은 카메라만을 뚫어져라 바라보았
다. 지금처럼 작고 날렵하진 않으나 이미 디지털카메라

가 유행하던 시기였다. 필름을 끼워넣는 어머니 손이 몇 번이나 엇나갔다.

"그것은 코닥이었는데……"

그날 유키노는 카메라 뒷면의 뚜껑을 열었다. 기다리고 있었던 것처럼 빛들은 필름 안을 파고들었다. 그리고 자신을 가만히 내려보던 어머니. 어머니는 눈썹을 치켜들거나 손을 들어올리지 않았다. 카메라를 빼앗거나 뚜껑을 신경질적으로 닫지도 않았다. 그저 아주 가만히, 유키노를 보기만 했다. 어머니를 올려보던 유키노는 나쁜 짓을 하다 들킨 아이처럼 얼른 카메라의 뚜껑을 닫았다. 유키노로부터 넘겨받은 카메라를 어머니는 아무 말 없이 가방에 넣었다. 그뿐이었다.

과격하게 쏟아진 빛들은 사진 속 그날의 많은 것을 뭉개거나 지워버렸다. 어떤 사진 속에선 어린 유키노가 혼자 웃고 있었다. 또다른 사진 속에선 어머니만이 홀로 서 있었다. 이후 그 사진들을 볼 때마다 유키노는 슬픔을 느꼈다.

의사는 유키노가 잠깐 고개를 숙이고 눈을 지그시 감았다 뜨는 걸 잠자코 지켜보았다. 의사는 조금 전 '누군가에 의해 입이 틀어막힌 사람을 보는 기분'이라는 문장을 따로 적어두었다.

"어머니에게 혼나지 않았는데, 왜 슬프다고 생각하죠?"

이번에는 유키노가 좀 웃어 보였다. 의사는 그가 말을 할 때마다 상대의 기분을 먼저 살핀다고 생각했다.

"거기엔 한쪽만 있으니까요, 늘."

어린아이가 그런 실수를 저지르는 건 흔한 일이었다. 고작 빛에 번진 사진 따위에 내내 마음을 쓰다니, 생각해 버릴 수도 있었지만 유키노에게 그것은 간단하지 않았다. 어머니, 음대에 가고 싶었던 사람, 오키나와에서 도쿄로 건너와 어렵게 돈을 모으던 사람, 혼자 아이를 키우는 동안 환한 표정을 잃어버린 사람.

유키노는 평소엔 아무렇지 않다가도 그 사진만 보면 실체가 불분명한 어떤 존재와 끝없이 싸우는 마음이 되었다. 마치 늘 현관문 밖을 서성이던 누군가가 불현듯 그 문을 열겠다고 달려들 것 같아, 불안함에 자꾸만 돌아보게 되는 그런 마음이었다.

＊

'그냥 오래된 카메라 탓 아니었을까?'

훗날 한주가 그렇게 말해주기 전까지 유키노는 그 사진을 떠올릴 때마다 자책했다. 자신에게 화살을 돌리는 건 아주 익숙한 일이었다. 그것은 누군가를 사랑하게 되었을 때도 마찬가지였다. 오타루 운하에서 인력거를 끄는 아르바이트를 하던 유키노는 관광객과 사랑에 빠졌다.

'유키노는 제가 어머니를 오해하게 만드네요.'

그에게 빛에 번진 사진에 대한 이야기를 들려준 적이 있다. 그때까지 유키노는 누구에게도 그 이야기를 한 적이 없었다. 사랑하는 사람이 생긴다면 말하고 싶었다. 그때는 더이상 혼자가 아니라는 말을 듣고 싶었는지도 모른다. 혹은 괜찮다는 말이라도. 그러나 그 사람은 예상하지 못한 대답을 했다.

'그렇게 말하니까 제가 어머니를 꼭 나쁜 사람이라고 생각하게 되잖아요.'

유키노의 이야기를 듣던 의사가 의아하다는 듯 몸을 움직였다.

"그런 말을 들었는데 계속 사랑을 느꼈나요?"

의사뿐만이 아니었다. 그 이야기를 아는 사람들은 유키노에게 똑같이 물었다. 그런데도 사랑하는 거야? 그러나 말하자면, 엉뚱한 대답이 될지도 모르겠으나, 유키노는 그래서 그 사람을 사랑하게 되었다.

"저는 어머니가, 카메라 뚜껑을 열어버린 저를 혼내주길 바랐어요. 아니, 그 어떤 말이라도 해주시길 바랐어요."

의사는 다시 어머니의 이야기를 시작하는 유키노를 바라보았다. 그는 앞을 보고 있었지만 의사의 눈을 똑바로 쳐다보지 않았다. 의사는 곧 상담 일지를 채운 그의 글씨로 시선을 옮겼다. 글씨체가 예쁘다고 하자 곧장 어머니의 글씨체와 비슷하다고 답하던 그였다.

'이 사람, 스스로를 벌줬구나.'

의사는 유키노가 계속 이야기를 이어갈 수 있도록 너무 빠르거나 느리지 않게 고개를 끄덕여주었다.

유키노가 그를 만난 건 비가 아주 많이 내리던 5월이었다. 눈이 아닌 비가 오는 오타루의 운하는 인기가 없었다. 유키노는 인력거를 운하 옆에 세워두고 혹시 모를 손님을 기다리다 그를 보았다. 운하 앞에서 우산도 없이 아이스크림을 먹던 사람, 아이스크림을 먹는 건지 비를 먹는 건지 알 수 없을 만큼 허겁지겁하던 사람. 유키노는 그를 태워주고 싶었다. 그게 시작이었다.

'돈은 안 받을 테니 타세요.'

일본어에 서툰 그 한국인은 유키노를 매우 의심쩍은 눈으로 쳐다보며 도망갈 구석을 찾는 것처럼 주위를 두리번거렸다. 그러다 유키노를 똑바로 바라보며 이렇게 말했다.

'절 오해하진 마세요.'

유키노는 이해하지 못했다. 무엇을 오해한다는 것일까? 그럼에도 그가 분명하게 발음한 '오해'라는 말이 좋았다. 분명한 말, 분명한 사람. 그 순간 유키노는 자신이 무얼 원해왔는지 깨달았다. 유키노는 곁에 그런 사람이 있으면 좋겠다고 생각해왔다. 유키노도, 어머니도 해보지 못한 그런 말을 해주는 사람. 유키노는 갈팡질팡하던 마음에 처음으로 균형이 잡힌 것 같다고 느꼈다. 게다가 그는 비에 젖어도 개의치 않을 만큼 자신감에 차 보였고, 불쑥 베푼 호의에 쉽게 웃음을 보이지 않는 신중한 사람처럼 느껴졌다. 물론 그것이 모두 자신의 오해였다는 걸 너무 늦게 알게 되었지만 말이다.

그날 그는 유키노의 인력거에 올랐다.

상담 #2
한수를 사랑하는 이유

"그의 이름은?"

"그이의 이름은 한수."

"한수는 어디에서 왔죠?"

"부산입니다."

그래서였다. 한수의 고향이라서. 나는 부산을 좋아합니다. 부산에 가보고 싶습니다. 유키노가 처음으로 배운 한국어 문장들. 한수는 이직을 준비하는 사이에 잠깐 '삿포로'로 여행을 왔다고 했다. 의사는 그 말에 눈을 가늘게 떴다.

"혹시 이직의 이유를 밝히던가요?"

유키노는 언젠가 한수가 했던 말들을 떠올리기 위해

숨을 한번 골랐다.

'회사 사람들이 제가 거짓말을 하고 다닌다고 오해한 거예요.'

서로 알게 된 지 얼마 지나지 않았을 때였다. 딱히 묻지도 않았는데 한수는 그런 말을 했다. 물론 사람들의 생각이 모두 오해라고, 몇 번이나 반복했다. 하지만 정작 유키노에게 더 선명하게 남은 대화는 따로 있었다.

"무슨 이야기를 나눴지요?"

한수의 이야기를 메모하던 의사가 고개를 들었을 때, 유키노는 작게 입을 벌려 혼잣말처럼 삿포로, 라고 발음했다. 유키노는 오타루를 삿포로라고 말하는 한수에게 장난을 치고 싶었다.

'여긴 오타루예요.'

유키노의 말에 한수는 귀까지 빨갛게 변했다.

'오타루나, 삿포로나 한국에선 똑같아요.'

그때 유키노는 대충 얼버무리려는 한수가 귀엽다고 생각했다. 역시나 자신의 모습을 숨기지 않는 분명하고 솔직한 사람이라는 생각도 했다. 한수의 그런 모습이 오랫동안 마음에 들었다. 그로부터 툭하면 뺨을 맞거나 발길질을 당하며 잘 알아들을 수 없는 한국어로 욕설을 듣기 전까지만 해도.

"혹시, 어머니가 유키노 씨를 사랑하지 않았다고 생각해왔나요?"

"사람들은 제가 한수의 이야기를 할 때면 꼭 어머니를 데려오곤 하네요."

유키노는 눈에 보일 정도로 깊은 한숨을 내쉬며 다른 때와 달리 빠르게 대답했다. 그는 한수에 대한 감정을 애정 결핍으로 분석하려는 사람들이 지긋지긋했다. 사람들은 한수 이야기를 듣고 나면 언제나, 아버지나 형제 없이 홀로 자란 유키노의 어린 시절과 어머니의 이야기를 꺼냈다. 하지만 그런 건 그들의 이해를 충족시켜줄 뿐 유키노에게 아무런 힘도 미치지 못했다. 그런다고 해서 한수나 어머니에 대한 마음이 달라지거나 작아지지 않았다. 유키노는 확고한 의사를 어떻게든 표현하겠다는 듯 다시 고개까지 저으며 말을 이어갔다.

"그냥 저는 한수를 오해하지 않았던 사람이었을 거예요."

이 말은 한주가 유키노에게 해주었던 것이다. 한수를 있는 그대로 받아들여주었던 유일한 사람이 바로 유키노일 거라고.

"오해하지 않은 사람이요?"

의사는 유키노의 이야기 속에서 한수가 등장할 때마다

반복되는 오해라는 말을 제대로 따라가기 어렵다고 생각했다. 다만, 한 단어를 강박에 가깝게 반복적으로 사용하는 사례에 대해 짐작 가는 구석이 있긴 했다. 숨을 한번 고를 정도의 시간을 두고서야 유키노가 다시 입을 열었다. 하지만 그건 의사의 질문에 대한 대답이 아니었다.

"이것 역시 오해였겠죠?"

의사에게는 이 말의 의미가 모호했지만 유독 인상적으로 다가왔다. 상담 과정에서 유키노가 자신에게 무언가를 먼저 물은 건 처음이었기 때문이다.

＊

'절 오해하는 거예요.'

유키노는 뜻밖의 말에 고개를 돌려 한수를 바라봤다. 손에 들고 있던 슬리퍼는 장바구니 한구석에 내려놓았다. 같이 살게 되면서 유키노는 한수에게 그릇과 젓가락, 슬리퍼와 같은 것들을 새로 사주고 싶었다. 집에 있던 것들을 당연하다는 듯 그대로 주고 싶지 않았다. 그래서 그날, 유키노는 한수와 동네 마트에 들른 참이었다. 처음에 유키노는 잘못 들은 게 아닌가 싶어 상황을 되감아보았다. 한수와 함께 아침을 먹고 마트에 왔다, 마트에서 사야 할 물건을 골랐다, 한수가 잠깐 스시 코너를 둘러보고 왔다, 그게 전부였다. 유키노가 한동안 아무 말 없이 서 있기만 하자 한수는 크고 딱딱한 것이 목에 걸리기라도 한 듯 큰 숨을 들이쉬며 말했다.

'저는 그냥 스시를 사려고 했던 것뿐이에요.'

유키노는 그의 말을 점점 더 이해할 수 없었다. 이젠 아예 고르던 물건을 등지고 한수를 바라봤다. 한수에 따르면, 그는 저녁으로 먹을 스시를 사러 갔고 스시 코너의 직원이 말을 걸어서 대꾸했을 뿐이었다. 그런데 그게 뭐 어쨌다는 거지? 물론 유키노는 그 말을 한수에게 하진 않았다. 그는 마트 한복판에서 금방이라도 울음을 터뜨릴 것 같았다. 유키노는 걱정하지 말라는 듯 고개를 끄덕이며 웃어주었다. 한수는 그제야 얼굴이 밝아졌다.

집으로 돌아와 물건을 정리하면서 유키노가 넌지시 낮의 일을 물었을 때였다.

'유키노가 혼자 물건을 고르러 가서 그런 거예요. 그걸 보고 전 진실을 알게 되었어요.'

하지만 스시를 사러 가겠다고 한 건 한수였는데. 유키노는 이 말을 해야 할까 고민했지만, 단호한 그의 태도에 말문이 막혔다. 유키노는 이미 뒤돌아선 한수의 등에 미소를 지어준 후 다시 물건을 정리하기 시작했다. 그래, 말이 잘 통하지 않는 곳에 혼자 내버려졌다는 생각을 할 수도 있겠지. 그때 유키노는 어머니를 제외한 누군가에게 처음으로 자신이 번 돈을 쓸 수 있어서 행복했다. 그리고 앞으로 한수에게 좀더 신경을 써야겠다고 다짐했다. 그땐 그런 생각들만을 했다.

'지금 나 오해하는 거지?'

언제부터인가 한수는 유키노가 일을 하러 나간 사이 집에서 혼자 술을 마셨다. 텔레비전을 보며 입이 심심해서 마신다는 술은 조금씩 양이 늘어나는 것 같았다. 유키노가 집에 돌아오면 대부분 술에 취한 상태였다. 술에 취한 한수는 유키노가 진실을 외면하고 있다고 소리치곤 했다.

'네가 처음부터 여기는 오타루라고 차근차근 설명해줬으면 됐잖아! 나는 일본어를 잘 못해서 같이 다니기 부끄러우니까 마트에 혼자 가고 싶다고 네 진심을 말했어야지!'

기억조차 희미한 일들을 한수는 무조건 오해라고 몰아붙였다. 어떤 날은 유키노가 가진 오해에 대해 이야기해야 한다며, 밤새 화를 참지 못하고 오해라는 말만을 반복했다.

"그래도 같이 사신 건가요?"

의사의 질문에 유키노는 느릿하게 고개를 끄덕였다. 다툼이 반복되자 유키노는 늘 집 안에 있는 한수가 답답해서 그런가 싶어 미안해졌다. 종일 자신만을 기다리는 한수가 눈앞에 그려졌다. 하루는 시간이 좀 흐르면 살림을 맡아 하고 싶다는 한수의 말이 떠올라, 구청에서 무료로 열어주는 요리 강좌를 추천했다. 자연스럽게 외출을 하고 좋아하는 요리를 배우면 아는 사람도 생길 테니 좋을 것 같았다. 하지만 한수는 펄쩍 뛰었다.

'유키노는 실수를 반복하는 단점이 있네요. 괜히 돌아다니다가 지난번 마트에서 있었던 일이 또 생기면 어떻게 해요? 그때 싸울 뻔했잖아요, 우리.'

그 말에 유키노는 한참이나 기억을 더듬어야 했다. 유키노에게 그 일은 작은 해프닝 같은 거였다. 한겨울 얼었던 수도가 녹는 동안 물이 잠깐 나오지 않는 일, 약간의 시간만 주어지면 금세 물이 나오듯 대수롭지 않은 일. 하지만 한수에게 그건 명백히 유키노의 실수였고 심지어 반복하기까지 하니 고칠 수 없는 단점이었다. 유키노는 그와 이야기를 더 나눠보고 싶었지만 생각으로만 끝나야 했다.

'용서해드릴게요. 대신 저 또 오해하면 안 돼요. 알았죠?'

허리를 감싸며 환하게 웃는 그의 말에 유키노는 얼결에 고개를 끄덕였고 잠시 후엔 함께 웃었다. 그러나 어차피 유키노는 한수와 이야기하지 못했을 거였다. 유별나게 보이고 싶지 않다고 늘 생각해왔으니까. 사람들은 유키노에게 혐오를 격렬하게 드러내진 않았다. 대신 소란 없이 쥐를 죽이기 위해 아주 조금씩 비소를 뿌리는 것처럼 진심 어린 걱정이라는 표현으로, 좋은 의도라는 명목으로 유키노를 재단하고 판단했다. 유키노는 그런 사람들이 어려웠지만 또 한편으론 자신이 정말 유별난 것은 아닌가 돌아보았다. 그래서 그날은 오히려 한수가 고마웠다. 한수는 자신이 주저하는 삶의 어떤 면들을 확고하게 만들어주는 사람이었다.

　그런데 그 확고함은 점점 유키노를 옥죄었다. 한수가 말했으므로, 오해는 유키노의 확실한 잘못이 되었다. 그러면 한수는 유키노를 늘 용서해주고 제대로 된 길을 가르쳐주는 사람이 되었다. 이제 한수가 없는 유키노는 실수를 반복하는 모자란 사람일 뿐이었다. 유키노도 가끔은 한수에게 어떤 오해는 그저 오해 아닐까, 되묻고 싶었지만 첫눈에 사랑에 빠졌고 여전히 사랑한다고 믿었다. 그래서 사람들이 흔히 말하듯 관계에서 생기는 우위가 있다면 그건 모두 한수에게 실어주고 싶었다. 혹시라도 한수가 덜 사랑받고 있다고 느끼게 하고 싶진 않았다. 처음으로 모든 걸 줘도 아깝지 않은 사람이었으니까. 유키노는 한수를 벗어날 수 없었다. 그가 없는 자신을 상상하지 못했다.

"그러니까 이별도 유키노 씨가 요구한 게 아니었던 거죠?"

유키노는 대답 대신 한수가 자신을 떠나던 날의 이야기를 꺼냈다. 의사는 또다시 오해, 라는 단어가 반복될 것임을 예감했다.

❅

'어머니가 나를 잘못 생각하시는 거 같아.'

그날 한수는 유키노를 밀치거나 그릇을 던지는 대신 어머니의 화장대 서랍을 뒤졌다. 그 뒷모습에서 유키노는 못된 어린아이를 보는 기분이 들었다. 한수가 이러는 건 처음이 아니었다. 유키노를 욕하고 때리다가 원하는 반응이 나오지 않으면, 물건들을 뒤져 바닥에 늘어놓았다. 유키노에게 소중한 것들을 찾아내 망가뜨리면 겁을 먹고 빌게 되리라는 걸 그는 잘 알고 있었다. 그런데 그날은 좀 달랐다. 한참 서랍을 뒤지던 한수는 통장을 찾아 들었고 유키노를 앞장세웠다.

'그건 어머니 거야.'

그 말에 한수는 기다렸다는 듯 부엌에서 칼을 들고 왔다. 그러더니 서랍에서 찾아낸 어머니의 사진을 긋는 시늉을 했다. 어머니가 유키노를 안고 찍은 바로 그 사진이었다.

'제발 그 사진만은 돌려줘.'

유키노는 애원하며 한수에게 매달렸다. 갓난아이였던 자신이 그 안에 있기 때문이 아니었다. 그 안에서만 어머니는 살아 있는 표정을 하고 있었다. 사진일 뿐이었지만 그런 어머니에게 칼이 닿자마자 유키노의 입에서 울음이 터졌다. 한수는 어깨를 으쓱해 보였다. 바로 자신이 원하는 반응이라는 듯, 그는 멈추지 않았다. 칼날이 사진의 표면을 그으며 자국을 남길 때, 유키노는 한수의 다리를 잡고 있던 두 손을 풀고 머리 위로 들어 보였다. 한수는 그제야 칼을 바닥에 던지듯 내려놓고 통장과 사진을 가방 안에 챙겨넣었다.

'어디로 가려는 거야?'

유키노는 한수가 자신을 떠나려 한다는 걸 알았다.

'어디긴, 제자리로 가는 거지.'

어째서였을까. 유키노는 바닥에 떨어진 칼을 쥐고 떠

나지 말라고 소리쳤다. 처음으로 제정신이 아닌 기분이었다. 칼에도 아랑곳하지 않고 한수는 등을 보였다. 그후에 벌어진 일을 유키노는 순서대로 정확히 떠올릴 수가 없다. 다만 유키노는 한수가 뜻대로 일이 되지 않을 때마다 자신에게 했던 행동을 떠올렸고, 가장 유사한 방식으로 따라 했다. 그리고 가장 마지막에 오는 장면은 텅 빈 거실에 혼자 남은 유키노 자신이었다.

날이 저물어 어두워진 실내에서 칼이 서늘하게 빛나고 있었다. 퇴근한 어머니는 다급하게 현관의 불을 켰다. 그러자 거실 구석에서 피 묻은 손을 내려다보며 앉아 있는 유키노가 드러났다. 어머니는 그를 일으켜 병원으로 가려다 말고 멈춰 섰다. 활짝 열린 채 비어버린 화장대 서랍을 본 후였다. 어머니는 그대로 욕실로 들어가서 유키노의 손부터 씻겨냈다.

"그 일 때문에 오타루를 떠나 도쿄로 가게 됐나요?"

의사는 상담 일지에 포스트잇을 붙이고 다른 메모를 하나 더 추가했다. 유키노는 말없이 자신의 손을 내려다보고 있었다.

"제가 도쿄로 간 건 한수 때문입니다."

"한수요? 떠났다고 하지 않았나요?"

제자리로 돌아간다는 말과는 달리 한수는 돈이 떨어지

면 지속적으로 유키노에게 연락을 해왔다.

'너와 삿포로에 있으면서 원래 가기로 했던 직장을 놓친 거잖아. 이게 진실이라고.'

어머니의 직장 동료로부터 한수가 칼을 들고 나타났다는 전화를 받은 날, 정신없이 달려가면서 유키노는 그런 생각을 했다.

'그런데, 한수야. 여긴 정말 삿포로가 아니고 오타루야, 그건 오해가 아니야.'

✳

오타루를 떠날 때 유키노는 새삼 자신의 이름에 대해 생각했다. '유키노'는 어머니가 지어준 이름이었다. 오타루로 오기 전까지, 어머니는 눈을 실제로 본 적이나 있었을까. 유키노가 일곱 살 때까지 어머니는 도쿄의 공장에서 일했기 때문이다. 고향인 오키나와는 물론이고 도쿄에도 눈은 드물었다. 유키노처럼 그 이유가 궁금하다는 듯 의사가 물었다.

"그런데 왜 눈이죠?"

의사의 말에 유키노는 인터넷을 쓸 수 있냐고 물었다. 의사는 아이패드를 가져다주었다.

"오타루 사람들은 겨울이 미리 신호를 보내준다고 생각한대요."

유키노가 검색해 보여준 것은 작고 새하얀 날벌레였다.

"눈의 요정이 나타나면 이제 겨울이 시작되는 거예요."

"예쁘네요, 전 사실 도쿄 출신이라 눈을 자주 보지 못했거든요."

"아마 그래서겠죠. 어머니에게 눈은 희고 아름다운 이불 같은 것 아니었을까요. 어떤 더러운 것도 추한 것도 따뜻하게 덮어주는."

어머니의 마음은 알 수 없지만 유키노의 생각은 그랬다. 그는 사람들이 자신에게 기대하는 역할을 빠르게 알아차렸다. 자신의 성정체성을 숨기지 않게 되면서부터였다. 사람들은 유키노에게 불편함을 내색하진 않았다. 다만 그가 조금이라도 다른 모습을 보이면, 역시나, 하는 표정이 되었다. 그 '역시나'는 불쾌일 때도, 동정일 때도, 동경일 때도 있었다. 유키노는 사람들이 원하는 모습에 자신을 최대한 맞춰서 보여줬다. 자신을 감추고 때에 따라 맞는 옷을 입어 보이는 것이 답답했지만, 사람들 사이에 섞일 수 있었으므로 나쁘지 않았다. 그래야 별나다는 소리를 듣지 않을 수 있었으니까.

유키노는 새로운 사람을 만날 때마다 눈의 요정 이야

기를 꺼냈다. 사람들의 반응은 그의 예상과 비슷했다. 대부분 그런 아름다운 곳에서 왔다니 부럽다고 하면서 유키노에게 관심을 보였다. 정작 유키노는 오타루에 살면서도 눈이 싫었다. 오타루 사람들은 눈이 내리기 전, 눈의 요정이 나타난다는 말을 덕담처럼 할 정도로 믿고 좋아했지만, 유키노에겐 그저 사람들의 환심을 살 때나 써먹는 '오타루식 농담'이었다. 유키노는 사람들이 그게 거짓인 줄 알면서도 순수한 척 연기한다고 생각했다. 그런데 오직 한 사람만이 눈을 좋아하지 않는다고 말했다.

한주. 한주를 처음 봤을 때 유키노는 이름 때문에 그녀를 다시 봤다. 한수가 아니라 한주. 늘 오해하냐고 묻던 한수가 떠오른다. 이윽고 너는 그냥 그 사람에게 속은 것뿐이라던 한주가 따라온다……

의사는 왜 눈이냐는 질문에 또다시 한수와 한주의 이야기를 꺼내고 마는 유키노를 보며 작은 한숨을 내쉬었다. 방향을 바꾸기 위해 어떤 질문을 던져도 유키노는 자꾸 어머니와 두 사람에게로 돌아왔다. 달리 방법이 없었다.

"전 이미 알고 있었어요."

"무슨 말이죠?"

맥락을 따라갈 수 없는 유키노의 말에 의사가 물었다. 처음 만나던 날, 한국어로 부산을 좋아한다고 말했을 때

미동조차 없던 한주의 눈동자를 유키노는 기억한다. 모르는 언어를 무방비 상태로 듣는 외국인의 입장이 되어본 사람만이 눈치챌 수 있는 고요함. 그러니까 한주가 한국어를 전혀 알아듣지 못한다는 걸 유키노는 이미 알고 있었다.

✳

자, 내 이름은 유키노, 태어난 곳은 미타 공업지구, 어린 시절 살았던 곳은 오타루, 그곳에서 함께 살았던 사람은 어머니, 오타루를 떠나 살았던 곳은 도쿄, 그곳 도쿄에서 함께 살았던 사람은 한주, 한주가 태어난 곳은 서울, 한주가 죽었던 장소는 부산 호텔의 어느 욕조 안. 특이사항은,

여기까지 쓰고서 유키노는 손을 멈추었다. 의사는 그가 숨을 한 번 크게 삼키는 것을 본다. 곧 그는 이렇게 써나갔다.

특이사항은, 어머니와 한주, 모두 내가 속였고 내가 떠나야만 했다는 것이다.

상담 #3

제자리에 있어주세요

내 이름은 유키노, 살았던 곳은 오타루, 살았던 사람은 어머니, 오타루에서 이주한 곳은 도쿄, 살았던 사람은 한주.

"매번 적어야 하는 걸까요."

유키노가 묻자 의사는 심각하지 않은 말투로, 하지만 그것을 그냥 넘길 수 없는 이유를 힘주어 설명했다.

"지금 상황에서는 최대한 정확해야 하니까요. 그런데 도쿄에서 한주 씨와는 어떻게 같이 살게 된 거죠?"

유키노는 그것이 자신의 성정체성과 관련한 질문이란 걸 알았다. 하지만 바로 그 때문에 한주와 함께 사는 건 어려운 문제로 여겨지지 않았다. 결정하기까지의 마음이 복잡했을 따름이다. 그리고 한주와 함께 살기로 결심한 계기라면, 역시나 오해.

같은 대사만을 반복하는 배우처럼, 한수는 늘 오해라는 말과 함께 도쿄에서도 유키노를 찾아왔다. 어떻게 자신을 찾았는지 묻고 싶지도 않았고 물을 수도 없었다. 다짜고짜 자신을 오해하고 있다고 다그치며 번번이 돈을 타가던 한수. 그리고 그런 관계와 사정을 전혀 알지 못했을 텐데도 한수로부터 자신을 떨어뜨려준 한주가 있다. 그러므로 함께 살게 된 것은 오해 때문, 유키노는 그렇게 대답했다.

"오해라면, 한주 씨가 잘 알지 못했지만 어쨌든 유키노 씨를 도와줬다는 의미인가요?"

유키노는 천천히 고개를 끄덕이다 미소를 지었고 이번엔 그게 아니라는 듯 고개를 저었다.

"저의 오해이기도 하겠죠. 저도 한주를 잘 몰랐으니까요."

❋

"너, 나 또 오해한 거지?"

유키노는 반품으로 접수된 책을 한주에게 전달하려던 참이었다. 하지만 그 책은 한주에게 가기 전 바닥으로 먼저 떨어졌다 유키노의 몸은 딱딱하게 굳어갔다. 뒤를 돌아보지 않아도 누군지 알 수 있었다. 아까부터 척추 부근에서는 서늘한 기운이 올라오고 있었다. 한수가 예전에 이런 말을 한 적이 있었다.

'다들 자꾸 나를 오해하니까 나도 날 지켜야지.'

그래서 한수는 여전히 칼을 들고 다니는 걸까. 나의 오해로부터 자신을 지키기 위해서? 그러나 뒤돌아선 유키노의 입에선 다른 말이 먼저 나왔다. 오해라는 단어를 올리는 것이 힘겨웠다. 특히나 한수 앞에서 오해라는 말을 내뱉는 건 더욱 싫었다.

"대체 무슨 진실을 말해주려고 그러니."

한수의 눈가에 눈물이 맺혀 있었다.

"네가 진실을 자꾸 외면하니까 나에게서 도망치는 거야. 그래서 내가 이러는 거잖아."

유키노는 주위를 둘러봤다. 한주는 서가 목록을 살피는 중이었다. 서점에서 유키노는 고객 응대 담당이었고 한주는 서가 목록을 확인하는 역할이었으니 행동반경이 겹치는 일이 드물었다. 유키노가 칼을 쥔 한수의 손을 조심스럽게 잡았을 때였다.

"유키, 저 서가 목록 정리 좀 도와주세요."

이제 눈물까지 흘리는 한수의 얼굴을 더는 볼 수 없어 눈을 감으려던 유키노는 순간 놀라 뒤를 돌아봤다. 거기엔 어느새 한주가 서 있었다.

"근무시간입니다."

한주는 유키노의 답을 듣지 않고 다시 말을 이어갔다. 유키노는 앞치마를 꽉 쥔 한주의 손을 보았다. 처음 만났을 때 긴장한 듯 서가 목록의 귀퉁이를 쥐고 있던 그 손이 이번엔 앞치마를 그러쥐고 있었다. 한주의 등장에 한수가 서서히 뒤돌아서려 했을 때였다. 유키노는 얼른 한수의 어깨를 잡았다. 그러자 그녀는 마치 글자 하나하나에 힘을 불어넣듯 말했다.

"제, 제자리에 있어주세요."

한주가 또다시 말했다.

"제자리에 있어주세요, 유키."

물러나지 않는 목소리에 한수는 눈을 굴려 생각하는 듯하더니 곧 다시 오겠다는 말을 남긴 채 돌아갔다. 유키노는 한주와 함께 천천히 서점의 계단을 올랐다. 둘 다 아무 말도 하지 않은 채 묵묵히 계단만을 내려보며 걸었다. 잠시 후 두 사람이 다시 근무 층에 섰을 때였다. 서가 앞에서 먼저 움직인 건 유키노였다. 유키노는 한주의 서가

목록을 들고 서가 앞으로 가서 일일이 대조해보기 시작
했다. 그녀는 멍하게 유키노의 뒤에 서 있다가 중얼거렸다.

"그건 제 업무인데요."

유키노는 여전히 서가 목록에서 눈을 떼지 않았다.

"예전에 한주 씨가 나한테 그랬잖아요, 그 사람이 있고
싶은 곳이 제자리라고요."

유키노는 등뒤에서 한주가 숨죽여 울고 있다는 걸 알
수 있었다. 그 울음엔 낯익은 구석이 있었다. 어머니의 화
장대 서랍 속에서 그 사진을 발견하던 자신의 모습이 떠
올랐다 사라졌다. 유키노는 그 기억이 떠오르면 한번 입
술을 깨무는 것으로 눈물을 참아내려 했다. 하지만 이 순
간에는 오히려 눈물을 참기가 어려웠다. 제자리. 유키노
자신이 그런 단어를 말하게 될 줄은 몰랐다. 한주를 처음
만난 그날이, 바닥에 떨어진 책이 보여주는 페이지처럼
맥락도 없이 펼쳐졌다. 서가 목록 귀퉁이를 꼭 쥔 채 유
키노를 바로 보지도 못하면서도 제자리라는 말을 힘주어
하던 그날의 한주가 어느새 곁에 와 있었다.

유키노는 스트레스를 받으면 몸속에 있는 걸 모두 게
워냈다. 그리고 그 자리를 메우려는 듯 꼭 무언가를 잔뜩
샀다. 어떤 날엔 종이컵 한 박스와 이쑤시개 스무 통을 샀

다. 또 어느 날엔 하와이안 셔츠를 열 벌 넘게 구매했다. 유니클로에 가서 손에 잡히는 대로 장바구니 가득 쓸어 담았다가 빼낸 적도 있다.

'이 정도는 나도 할 수 있어.'

겨우 그런 일이 유키노가 할 수 있는, 자신을 채우는 일의 전부였다.

한수가 찾아왔던 그날, 한주의 일까지 맡아서 한 탓에 뻐근해진 어깨를 주무르며 유키노는 퇴근 후에 무얼 사야 좋을지 줄곧 생각했다. 식욕은 완벽히 사라진 상태였다. 시부야로 갈 것인가, 하지만 그곳엔 한수와 유키노를 아는 친구들이 많았다. 신주쿠로 갈 것인가, 거긴 별로 좋아하는 곳이 아니었다.

한주와는 분명 서점 입구에서 인사를 나누고 헤어졌다. 그녀는 반대 방향으로 몸을 돌렸고 유키노도 등을 돌려 걸었다. 지하철 안에서 다시 그녀를 보았을 때 유키노는 먼저 알은척을 하지 않았다. 그렇다고 피한 건 아니었다. 다만 그날만큼은 억지로 기운을 내고 싶지 않았다. 유키노는 지하철에서 내린 후에도 자신과 같은 출구로 향하는 그녀를 그림자 밟듯 천천히 뒤따라 걸었다. 이윽고 그녀가 미츠코시백화점 맞은편의 르 카페 도토루로 들어갔을 때에야 유키노는 걸음을 멈췄고 그 얼굴을 똑바로 올려다볼 수 있었다.

한주는 다른 자리들엔 눈길조차 주지 않고 창가로 가 자리를 잡았다. 가만히 목도리를 풀고, 장갑을 그 위에 내려놓았다. 외투를 벗으려는지 단추를 풀다 그럴 필요까지는 없다는 듯 외투를 툭툭 손으로 털었고 곧 가방에서 책을 꺼냈다. 본격적으로 책을 읽으려나 싶다가 무언가 생각난 듯 일어서더니 시야에서 사라졌고, 유키노가 고개를 좀 빼고 두리번거리는 사이 스틱으로 커피를 저으며 나타났다. 커피를 한 모금 마시고 이후엔 고개를 숙인 채 책장만을 넘길 뿐이었다. 유키노가 양손에 쇼핑백을 들고 나타난 후에도 한주는 그곳에 있었다. 우연을 가장해 카페에 들어가 말을 걸어볼 수도 있었지만 그냥 두고 싶었다.

유키노는 아예 주변 벤치에 자리를 잡고 앉았다. 종업원이 매장을 정리하는 시간이 되어서야 한주는 책을 덮었고 고개까지 젖혀가며 급하게 남은 커피를 마셨다. 이래도 괜찮은 건가 싶었지만 유키노는 떼어놓을 수 없는 그림자처럼 한주를 따라 움직였다. 카페에서 나온 한주는 종종걸음으로 편의점에 들어갔다. 곧 도시락을 먹기 시작했는데 유키노는 덕분에 처음으로 작게 웃음을 터뜨렸다. 그녀는 음식을 입에 넣을 때마다 조금씩 다른 표정을 지으며 감탄사를 내뱉고 있었다. 다 먹은 후엔 티슈로 자리를 닦아내고 정리하더니 유제품 코너로 가 우유를 들고 돌아왔다.

"배가 고프네, 나도."

집으로 돌아와 늦은 저녁을 먹으며 유키노는 한주를 생각했다. 길다고는 할 수 없지만 그동안 함께 일하면서 오늘 같은 모습은 상상해본 적이 없었다. 큰 의미 없이 던진 한국말에 텅 비어가던 눈동자를 기억한다. 무슨 사연인지는 모르지만 한국어를 못하는 듯했다. 하지만 초면에 그런 사연을 묻는 건 상식적이지 않기도 했고 솔직히 그땐 별로 궁금하지 않아서 묻지 않았었다. 앞치마의 리본은 첫날부터 지금까지 매번 비뚤어져 있었다. 하지만 역시나, 아직 그걸 말해줄 만큼 친밀한 사이가 아니었다. 그런데 오늘 한주로부터 도움을 받았다. 제자리를 지켜달라 말하는 한주는 낯설었고 그런 한주가 등뒤에서 소리죽여 우는 것은, 당연하게도 역시 낯설었다. 아마 평소의 유키노라면 울고 있는 누군가에게 손수건을 건넸을 것이다. 그렇기에 그 울음소리를 외면한 자신은 더욱 낯설었다. 유키노는 새삼 자신이 그녀에 대해 별로 알고 있는 게 없다는 사실을 깨달았다.

노트북을 들고 나온 유키노는 한국의 인터넷 검색창

에 한글로 한주의 이름을 적고, 알고 있는 개인 정보를 최대한 함께 밀어넣었다. 한주와 조금이라도 관련 있어 보이는 카페와 블로그의 게시물들을 전부 다 눌러보았다. 그 게시물들 속에서 한주는 주말이면 공원으로 개와 함께 산책을 나가는 사람이 되었다가 늦은 밤 드라마를 보며 캔맥주를 마시는 사람이 되었다. 곧 결혼을 앞둔 초등학교 선생님이기도 하고 회원들과 사이가 좋은 요가 강사이기도 했다. 모두 한주가 아니었다. 지금의 모습을 생각하면 그건 한주일 수가 없었다. 그럼에도 유키노는 게시물에 딸린 사진과 스티커들까지 놓치지 않고 하나하나 훑어내렸다.

페이지의 검은색 숫자들이 더는 남아 있지 않게 되었을 때 유키노는 신문 기사가 함께 링크되어 있어서 지나쳐버렸던 카페의 게시물을 찾아 다시 살펴보았다. 사진 한 장 없이 빽빽하게 적힌 유난히 긴 한국어 문장들을 유키노는 제대로 해석할 수 없었다. 아마도 작성자는 그 기사를 자신의 입장에서 다시 쓰고 있는 듯했다. 번역기까지 동원하고 나서야 유키노는 그 글을 약간 이해할 수 있었다. 그 글에서 한주는 장래가 촉망되는 연구자의 신세를 망치려는 대학원생이었다.

"아니야, 아니야."

유키노는 자신도 모르게 중얼거렸다. 차마 그 글을 끝까지 읽지 못하고 덧붙여져 있는 링크를 눌러보았다.

'애인에게 무차별 폭행… 부산의 한 호텔 욕조에서 발견된 여성, 다행히 생명에 지장 없어…'

기사에는 당연히 한주의 이름이 없었다. 그러므로 이 게시물 또한 한주에 대한 이야기일 수 없었다. 아니야, 아니야. 유키노는 이제 자신이 그 말을 중얼거린다는 사실을 똑똑히 알 수 있었다. 그래, 아니었다. 저 사람에게 그런 일이 일어나서는 결코 안 되었다.

❄

"피부와 마음이었어요."

유키노의 말에 의사는 의자를 책상 쪽으로 당겨 앉으며 그의 얼굴을 집중해서 바라봤다.

"그날 한주가 읽던 책 제목이요. 다자이 오사무라는 사람의 짧은 소설이었어요."

의사도 그 소설가를 알았다. 일본에서 정규교육 과정을 거친 사람이라면 모를 수 없었다.

"피부처럼 눈에 보이는 것과 눈에는 보이지 않지만 마음처럼 분명히 있는 것, 그런 것에 관한 소설이라고 했어요.”

유키노는 누군가를 비스듬히 보듯 고개를 약간 옆으로 기울이더니 이런 말을 덧붙였다.

“한주는 책 읽는 걸 정말 좋아했어요.”

유키노의 입술 끝에 자연스레 미소가 걸렸다. 의사는 지금 유키노의 맞은편에 앉아 있는 사람이 자신이 아니라는 것을 알 수 있었다.

✲

유키노가 한주를 떠나 부산에 온 지 얼마 되지 않았을 때였다. 그는 오래된 서점에서 다자이 오사무의 소설집을 한 권 샀다. 부산에서 자신의 돈으로 산 건 그 책이 유일했다. 유키노는 꽤 많이 진열된 그 작가의 책들 앞에서 오래 망설였지만 마침내 「피부와 마음」이 실린 『사양』을 골라낼 수 있었다. 그 책을 읽은 것은 약간 시간이 흐른 후였다. 유키노는 그 책에 실린 「여학생」이란 소설을 그날 부산의 호텔 욕조 안에서 읽었다.

우연히 「여학생」을 읽게 되었지만 그건 정말 다행이었다. 「여학생」은 오후의 긴자 거리를 떠돌며 사람들에게 환멸을 느끼는 한 여학생의 이야기였다. 유키노는 자신이 그 여학생과 비슷한 사람을 알고 있다고 생각했다. 사람들과 부딪힐까봐 언제나 가방을 꼭 안고 다니던 한주, 바깥에서 몸을 써서 일하는 사람들에게 유달리 깍듯하던 한주, 휴일 공원의 개와 고양이, 아이들로부터 눈을 떼지 못하던 한주. 유키노는 그 소설 속의 여학생이 온전히 한주인 것만 같아서 울고 말았다. 그 일을 끝내고 욕조 안에서 유키노는 소설의 마지막 문장을 소리내어 읽었다.

"안녕히 주무세요. 저는 왕자님이 없는 신데렐라 공주. 제가 토오꾜오 어디에 있는지 알고 계시나요? 이젠, 두 번 다시 뵙지 않겠어요."*

상담 #4

오타루를 떠나 도쿄로

'태어난다는 건 하나에서 둘이 되는 것일까, 아니면 둘에서 하나가 되는 것일까. 그게 아니라면 하나가 결국 하나에 불과했다는 걸 깨닫게 되는 과정일까. 그렇다면 어째서 처음부터 하나는 그저 하나일 수밖에 없다는 걸 몰랐을까. 왜 그 하나는 둘의 기억을 간직한 채 하나로만 살아가야 하는 걸까. 그렇지 않았다면 조금은 덜 외로울 텐데.'

유키노의 그 생각은 이렇게 맺어지곤 했다.

'그리고 덜 미안했을 텐데.'

빛에 번진 사진 속에 홀로 서 있는 유키노. 그때부터 이런 생각은 계속해서 반복되었다.

일곱 살 때까지 유키노는 도쿄의 미타역 근처 공업지구에 살았다. 그 시절 어머니는 장난감 공장에서 부품 만드는 일을 했다. 기계가 서로 맞물리면서 생기는 옅은 화약 냄새 같은 것이 항상 집 안을 떠다녔다. 냄새와 함께 떠다닌 건 하나 더 있었다. 바로 음악이었다.

유키노의 기억에 어머니는 단조로운 사람이었다. 옷이라곤 작업복과 휴일에 간단히 걸칠 수 있는 셔츠와 바지 몇 벌뿐이었고, 화장품도 마찬가지였다. 종일 마스크를 쓰기 때문이었는지 얼굴에 바르는 건 선크림이 전부였다. 유키노는 어머니가 친구를 만나는 것도 본 적이 없었다. 누군가 어머니를 찾아오지도 않았고 어머니도 누군가를 찾아가지 않았다. 그런 어머니의 유일한 낙이라면 텔레비전이었다. 어머니는 늘 텔레비전을 틀어두고 그것을 뚫어져라 바라보았다. 아르바이트를 할 수 있는 나이가 되고 나서야, 유키노는 오디오가 꽤나 비싸다는 걸 알았다. 어머니가 틀어두던 채널이 클래식 프로그램이었다는 걸 알게 된 것도 그즈음이었다. 그러니까, 그 시절 어머니가 음악을 들으려면 텔레비전일 수밖에 없었던 것이다.

언젠가 어머니가 켜둔 음악 프로그램의 출연자가 저는 오키나와 출신이에요, 라며 자신을 소개했다. 유키노는 그가 피아노를 쳤는지, 바이올린을 켰는지 전혀 기억나지 않았다. 왜냐면 오키나와, 라는 말에 어머니가 재빠르게 고개를 돌려 텔레비전을 바라보았기 때문이다.

"엄마도 오키나와에 가고 싶어?"

유키노가 묻자 어머니는 잠잠한 얼굴로 유키노의 머리를 한번 쓸어주었다.

"엄마도 오키나와에서는 노래를 불렀어?"

어린 유키노도 어머니가 음악을 좋아한다는 것쯤은 알았다. 다만, 그에게 목소리로 이루어지는 노래든, 가사 없이 흘러가는 클래식이든 모두 같은 음악이었다.

"왜 지금은 부르지 않아?"

어머니는 대답 대신 유키노의 그릇에 남아 있던 밥을 소리나지 않게 모아 작은 입에 넣어주었다. 어렸으므로 유키노는 어머니의 침묵이 무엇을 의미하는지 짐작할 수 없었다. 다만 어머니가 오키나와에서는 불렀을지도 모를 노래를 더이상 부르지 않는다는 것. 그 생각이 작은 마음을 금세 불안하게 만들었다. 유키노는 어머니가 태어난 오키나와뿐 아니라 자신과 함께 사는 도쿄도 분명 좋아한다고 믿고 싶었다.

"여기서는 뭐가 좋아?"

어머니는 입에 넣어준 밥을 채 삼키기도 전에 묻고 또 묻는 유키노를 한참 바라보다가 자신의 품으로 끌어당겼다. 유키노도 최대한 팔을 벌려 어머니의 목을 안았다.

"여기서는 가끔이라도 눈을 볼 수 있어서 좋아. 오키나와는 종일 해가 떠 있거든."

어머니는 그러면서 허공에 손가락으로 커다란 원을 그려 보였다. 유키노는 어머니의 손을 따라 환한 해가 떠 있는 하늘을 보았다.

"그러면 모든 게 너무 선명하게 보여, 물도 흙도."

유키노는 밝은 빛이 쏟아지는 곳에서 노래를 부르는 어머니를 상상했다. 햇빛이 좋아서 어머니의 얼굴도 무척 밝았다.

"밝으면 좋잖아. 밝으면 저거 안 켜도 되잖아."

그때 두 사람은 땅에 창문이 반쯤 걸린 주택의 반지하에 살았다. 유키노가 가리킨 형광등을 보던 어머니는 한 번 더 그를 끌어안았다.

"그 대신 옷이 더러워도, 마음이 부끄러워도 숨을 곳이 없어."

유키노는 팔을 풀어 어머니의 얼굴을 바라봤다. 눈물이 고인 눈동자 안에 비친 자신이 유난히 선명해 보였다.

유키노도 오키나와에 가려면 비행기를 타야 한다는 것 정도는 알고 있었다. 지도를 색칠하는 시간에 선생님으로부터 들은 것이었다. 그래서 혼자 하네다공항으로 가기로 했다. 가방 안에 빈 우유병 두 개를 챙겨넣었다. 전날 밤 텔레비전으로 음악을 듣던 어머니가 기어이 눈물을 훔쳤다. 유키노는 틀림없이 오키나와로 돌아가고 싶은 마음 때문일 것이라 생각했다. 유키노도 종종 유치원에서 우유를 하나 더 먹고 싶어도 아니라고 대답하고는 울음을 터뜨렸으니까. 그러자 어머니가 오키나와를 너무 그리워해서 도쿄와 자신을 미워하면 어떻게 하지, 덜컥 겁이 났다. 일단 자신이 오키나와로 가서 따뜻한 물과 흙을 담아 와야겠다고 생각했다. 그러면 어머니가 더이상 울지 않을 거라고, 뿐만 아니라 다시 노래를 부를지도 모른다고 믿었다.

마침 그날은 어머니의 야간근무 날이었다. 유키노는 정성껏 색칠한 어린이용 지도를 펼쳐 선생님에게 들은 내용을 곰곰이 떠올려보았다. 길과 건물이 단순화되어 표시된 그 지도에서 하네다공항은 제법 가까워 보였다. 헤매기는 했지만 어린 유키노는 무사히 공항에 도착했다. 물론 그날 오키나와에 가진 못했다. 대신 보안실 사람들 앞에서 어머니에게 등과 엉덩이를 여러 대 맞아야 했다. 작업복 차림을 하고 나타난 어머니는 눈물로 엉망이 된 채 유키노의 작은 몸을 때리면서도 이리저리 어루만졌다. 유키노는 어머니에게 잘못했다고 말하지 않았다.

"엄마가 다시 노래를 부르게 하려고 한 거야!"

그렇게 소리치며 울음을 터뜨리자 어머니는 멍한 표정으로 유키노를 보다가 다시 오래도록 흐느꼈다. 잠시 후 경찰이 와서 어머니에게 이것저것 묻기 시작하고 나서야 유키노는 울음을 그치고 어머니 뒤에 숨었다.

"오키나와 출신이네요. 어쩌다 도쿄로 왔죠?"

"저, 저는 클럽에 있었는데요…… 그게, 몸을 팔진 않았어요, 그러니까 제가 하고 싶은 말은, 저는 불법에 관련된 일은 하나도 하지 않았어요. 그런데 미군한테 너무 심하게 맞아서……"

어머니는 문장을 만들지 못하고 토막난 단어를 내뱉는 사람 같았다. 고개를 갸웃거리며 그런 어머니를 보던 경찰들은 미군이라는 말이 나오자 자기들끼리 눈빛을 교환했고 알겠다는 듯 손을 들어 보였다. 오키나와는 조금 특수한 곳이었다. 분명 일본에 속한 섬이었지만, 독립된 나라처럼 움직이고 있는 곳이기도 했다. 가령 삿포로의 조간신문 1면은 도쿄나 다른 지역과 동일했지만, 나하에서 발행되는 조간신문 1면은 전혀 달랐다. 게다가 미군이 끼어든 문제라니, 경찰들은 아무래도 자신들의 권한 밖이라고 생각했을 것이다.

"그런데 아이의 아버지는 어디 있죠?"

어머니는 뒤로 숨은 유키노를 앞으로 끌어안으며 자신이 보호자라고 설명했다. 경찰은 어머니의 신원이 적힌 서류를 뒤적였다. 어머니는 오키나와에 대한 이야기만 잘 마무리하면 곧 유키노를 데리고 집으로 돌아갈 수 있을 거라 생각한 모양이었다. 그러나 아버지라는 말을 듣자 다리를 잡고 있던 유키노가 느낄 정도로 떨어댔다.

"모자 가정의 경우 국가에서 지원받을 수 있다는 걸 알고 있습니까?"

돌이켜보면 그때 경찰은 어머니가 홀로 유키노를 키운다는 사실을 알고는 도움을 주려고 했던 것 같다. 모자 가정의 자립을 도와주는 정부 프로그램들이 있었는데, 어머니처럼 아이를 두고 나가 일을 해야 하는 사람들에게 여러 방면으로 혜택을 제공해주는 거였다. 그러나 어머니는 누가 봐도 필요 이상으로 겁을 먹은 것처럼 보였다. 마치 하지 말아야 할 일을 몰래 했다 들킨 사람처럼 말이다. 어느 순간부터 경찰은 혹 어머니가 유키노를 학대하거나 방치한 것은 아닌지, 그 정황을 살폈다. 그렇다고 해도 그들의 질문은 의례적인 것들이었다. 그러나 어머니의 목소리는 자꾸 작아지기만 했다. 어머니는 하나하나 대답하는 대신 유키노의 귀를 가린 채, 속삭이듯 빠르게 대꾸했다.

"아이는…… 낳았어요. 아이 아빠는 없어요, 제가 낳기로 해서 저 혼자 낳았어요. 병원이 아니고…… 그냥 저기 모텔 욕조에서요."

유키노는 귀와 볼을 감싼 어머니의 커다란 두 손바닥 때문에 많은 단어들을 놓쳤다. 그건 마치 물속에서 듣는 소리 같았다. 이미 알고 있던 사실들만 들려왔다. 아버지 가 없다는 것, 어머니가 낳았다는 것. 유키노는 어머니의 목소리가 조금만 더 컸으면 좋겠다고 생각했다.

얼마 후 유키노는 아동보호 시설로 보내졌다. 처음 며 칠은 새로운 친구들과 놀 수 있어서 좋았다. 일주일쯤 지 나자 유키노는 자신의 몫으로 나온 간식을 챙겨 신발장 옆에 앉아 문밖을 바라보며 혼자 먹었다. 경찰 아저씨들 앞에서 너무 크게 우는 바람에 어머니가 벌을 받게 된 걸 까? 유치원에서도 친구와 싸우다 너무 오래 울면 다정하 기만 하던 선생님도 벌을 주었으니까. 유키노는 어머니를 만나면 자신의 간식을 나눠줘야겠다고 생각했다. 어머니 가 대신 벌을 받느라 야근을 계속하는 것 같았다. 평소에 도 어머니는 야근하고 돌아오면 밥을 먹는 둥 마는 둥 했 으니까.

하지만 다시 일주일이 흘렀을 때, 유키노는 더이상 간 식을 모아두지 못했다. 눈물이 나오려고 하면 얼른 간식 들을 꾸역꾸역 밀어넣었다가 모두 게워내버렸다. 크게 울면 나가라고 할 것 같아서 무서웠다. 거기서 쫓겨나면 어머니가 찾으러 왔다가 길이 엇갈릴 것이고 그렇게 되면 영영 못 만날지도 몰랐다. 그래서 유키노는 슬프면 우는 대신 많은 음식을 한꺼번에 먹어버렸고 다시 토했다. 어른들은 유키노를 칭찬했다. 언제나 잘 먹고 결코 울지 않는 아이. 어머니와는 그렇게 반년가량을 떨어져 살았다. 다시 만나던 날, 유키노는 어머니의 등에 필사적으로 매달려 있었다.

"우리, 눈이 아주 많이 오는 곳으로 갈까?"

정말 눈 때문이었을까. 유키노는 어머니가 어떤 이유로 오타루로 떠나자고 했는지 여전히 알지 못한다. 오키나와에서 도쿄로, 다시 도쿄에서 오타루로. 어머니는 그렇게 사는 곳을 옮기며 지내왔다. 유키노는 가끔 자신이 어디에서 태어났는지 궁금해질 때마다 떠나온 장소들을 생각했다. 도쿄나 오타루 같은 지명이 아니라, 찾아갈 수 있는 구체적인 주소 말이다. 문을 열면 방이 나오고 그 안에서 쉴 수 있는 그런 장소. 유키노는 어쨌거나 자신이 그런 방 안에서 태어났을 것이라 상상했다. 그게 일반적인 집이 아니라 이를테면 모텔 안의 욕조 안이라고 해도 상관없었다.

훗날 유키노가 한수를 칼로 찔렀을 때, 집으로 돌아온

어머니는 조금도 망설이지 않고 떨어져 있던 칼의 손잡이를 감싸쥐었다. 유키노는 그 모습을 보며 어머니가 이미 셀 수 없이 많은 불행을 감당하며 살아왔다는 걸 실감했다. 누구든 경험이 많은 일에는 당황하지 않고 능숙하기까지 한 법이니 말이다. 어머니는 예전에 하네다공항에서 그랬던 것처럼 더이상 떨지 않았다. 유키노는 그런 어머니에게 다가가 칼을 다시 빼앗아 들었다. 이제 그는 어머니가 귀를 막아줄 만큼 작은 아이가 아니었다. 어머니는 유키노에게 칼을 넘겨주지 않으려 필사적으로 매달렸다. 유키노가 천천히 고개를 젓자 칼을 쥔 손에 힘을 풀었다. 스스로 경찰서로 찾아간 유키노에게는 정당방위가 적용되었고 큰 문제 없이 풀려날 수 있었다.

그러나 얼마 후 유키노는 한수에게 원하는 만큼의 돈을 쥐여줘야 했다. 어머니를 찾아간 한수가 이번엔 사진이 아니라 실제 어머니를 찔렀기 때문이었다. 유키노는 남은 돈으로 곧장 도쿄행 비행기표를 끊었다. 어머니와 함께 사는 곳으로 한수가 찾아오는 일은 다시 없어야 했다. 한수가 또 한번 어머니를 찌른다면, 이제 자신이 어떻게 어머니를 지키려 할지 예측할 수 없었고 그런 상황이 두렵기도 했다. 유키노는 한수가 반으로 찢어버린 어머니의 사진을 짐가방 안에 챙겨넣었다.

"드디어 비행기 탄다!"

부러 들뜬 음성으로 이야기하는 유키노를 물끄러미 바라보던 어머니는 작은 봉지를 하나 건넸다. 그 안에는 소금사탕이 들어 있었다.

"도쿄의 여름은 더우니까."

어머니는 이것밖에는 달리 챙겨줄 수 있는 게 없다는 듯 작게 중얼거렸다. 소금사탕이 가득 든 봉지는 유난히 부스럭거렸다. 유키노는 봉지 안을 들여다보다가 대꾸했다.

"확실히 여기는 눈이 너무 와서 별로야."

❋

유키노의 이야기를 들으며 의사는 자신의 어린 시절을 떠올리고 있었다. 학년이 올라갈 때마다 반에 꼭 한 명쯤은 있었던 미혼모의 아이들. 함께 어울려 지내다가도 미혼모의 아이라는 사실이 밝혀지면 어김없이 따돌림을 당했다. 그저 지우개를 숨기고 연필심을 부러뜨린 정도라고 누군가는 회상할지도 모른다. 가해자들에게 그런 것은 그저 지나간 유년의 추억거리일 뿐이니까. 훗날 미혼모의 경제적 문제를 다룬 프로그램을 보면서 그는 그 아이들을 떠올렸다. 당시는 미혼모들을 위한 정책이 막 시행되던 때였다. 이른바 '모자 가정 지원 정책'에 해당하는 아이를 찾기 위해서였을까. 선생님은 그런 아이들을 따로 남겼고 호기심이 많은 반 아이들 몇이 그 주변을 서성였다. 교실 문은 열려 있었고 아무도 아이들을 내보내거나 제지하지 않았다. 아이들은 누가 미혼모 가정의 아이인지 금세 알아낼 수 있었다. 그런 허술함은 여전한 듯했다. 처음엔 지원을 받아들이던 미혼모들도 아이가 당할 따돌림 때문에 국가에 등록되는 걸 거부한다고 했다.

다수의 미혼모들이 감당할 수 없는 빚을 지고 아이를 버린다거나, 그 빚을 갚기 위해 성매매에 빠진다는 자료 화면이 눈앞에 다시 펼쳐졌다. 그러므로 그는 묻고 싶었다.

'유키노의 어머니는 정말 눈을 좋아했을까?'

그러나 되물음에 가까운 그 말을 굳이 입 밖으로 꺼내고 싶지 않았다. 의사가 생각에 잠긴 사이 유키노는 한주가 소금사탕을 좋아했어요, 하고 말했다. 한주 이야기를 하는 그의 얼굴은 이전과는 다른 사람이라고 느껴질 만큼 밝았다.

"그럼 유키노 씨는 무엇을 좋아하나요?"

유키노는 그제야 고개를 들어 의사를 바로 보았다. 의사는 처음으로 유키노가 자신을 마주보고 있다고 생각했다.

상담 #5-1

좋아하는 것 말하기

유난히 날씨가 좋은 주말이었다. 거리마다 사람들과 산책 나온 개들이 눈에 띄었다. 유키노는 한주와 함께 서점 근무를 마치고 돌아오던 길이었다.

"지긋지긋하네."

말 그대로였다. 그의 표정은 그날의 날씨와 사뭇 달랐다. 모든 것이 진절머리나는 듯했고, 곧 폭발할 듯 짜증이 가득해 보였다.

"빤히 눈앞에 보이는데 굳이 물어보는 사람들 너무 지겨워."

"페이지마다 접고 밑줄까지 쳐놓고선 환불해달래."

"지하철 텅 비었는데 굳이 옆에 와서 다리 벌리고 앉는 인간들 너무 짜증나."

"쭉 늘어서서 가는 건 뭐야, 그 길 자기들 거야?"

"기간 세일이면 뭐 해, 사이즈 하나 없이 텅 비었더라.
억울하면 돈 쓰라는 거지."

집으로 오는 내내 유키노는 말을 멈추지 않았다. 한주
와 함께 집까지 걸어왔다는 것도 현관문 앞에 닿아서야
깨달은 것처럼 보였다. 그는 머쓱한 듯 뒷머리를 손으로
만지작거렸다. 한주는 유키노가 미안하다고 말하기 전,
재빠르게 그의 말 사이에 끼어들었다.

"그러게, 진짜 지긋지긋하네."

유키노는 그녀가 자신에게 지긋지긋하다고 말한 것이
아닌데도 숨이 턱 막히는 느낌이 들었다. 그는 그때까지
불평을 달고 사는 것이 크게 나쁘다고 생각하지 않았다.
누군가를 때리거나 욕하는 게 아니니까. 불만을 중얼거리
는 걸 누군가 듣는다 해도, 자기 자신만 저급한 인간이라
고 여겨지면 그만이라 생각했다. 하지만 한주가 자신의
눈을 바라보며 지겹다고 말하는 순간, 이제껏 그녀를 괴
롭히고 있었던 것은 아닌지 겁이 났다.

바로 그날 유키노는 한주와 함께 새로운 결심을 했다.
좋아하는 것을 하루에 하나씩 떠올려보기로 말이다. 싫
은 건 충분히 많았다. 서점에서 집으로 돌아오는 내내 굳

이 떠올리려 애쓰지 않아도 쉬지 않고 말할 수 있을 만큼. 하지만 좋아하는 건 그렇게 간단하고 분명하지 않았다. 아주 오래 생각해야 간신히 하나 떠올릴 수 있을까 말까였다.

그로부터 며칠 지나지 않은 아침, 한주가 식탁에 앉으며 불쑥 말을 꺼냈다.

"생일이 좋아. 부담 주지 않고 선물을 할 수 있으니까."

혹시 곧 한주의 생일인가. 유키노는 새삼스럽게 날짜를 헤아려보다 조금 놀랐다. 일주일 후면 바로 유키노 자신의 생일이었다. 그는 애서 표정을 감추며 잠자코 고개를 끄덕여주었다.

"그날만큼은 주인공이 되는 거잖아."

실은 이게 진짜 이유라는 듯, 그녀는 평소와 다르게 목소리에 힘을 실어 말했다.

그러므로 유키노의 생일은 그냥 넘어갈 수 없었다. 한주는 가지 않겠다고 버티던 그에게 사정까지 해가며 미타역으로 향했다. 싫다고 고집을 부렸지만 막상 미타역이 가까워지자 기분이 약간 들뜨는 것 같기도 했다. 점심을 먹기 위해 역 근처의 맥도널드에 들렀다. 치즈버거 세트를 주문하는 유키노를 물끄러미 보던 한주가 거기에 밀크셰이크를 추가했다. 한주는 감자튀김이 나오자 밀크셰이크에 하나씩 찍어 먹었다.

"너가 좋아하는 거, 생일에 먹는 맥도널드 치즈버거 세트. 내가 좋아하는 거, 밀크셰이크에 찍어 먹는 감자튀김."

한주는 이제 계속해서 좋아하는 것들을 떠올릴 수 있다는 듯 이야기를 멈추지 않았다. 유키노는 그 말을 들으며 순서가 바뀐 것 같다고 생각했다. 좋아해서 하는 게 아니라, 하고 나니 좋아하게 되는 일. 하지만 어느 쪽이든 상관없었다. 기억에 없는 모텔의 욕조를 떠올리며 보냈던 그간의 생일들과는 달리 모처럼 가벼운 마음이 되었으니까. 유키노는 한주를 따라 감자튀김을 밀크셰이크에 찍어 먹어보았다. 맛은 좋지 않았지만 좋아할 수 있을 것 같았다.

맥도널드에서 나오자마자 한주는 유키노의 팔을 잡아 끌며 이리저리 걸었다. 딱히 목적지가 있는 것은 아니었으므로 말없이 제법 오래 걷기만 했다. 유키노는 함께 걸으며 그녀가 좋아하는 것들의 목록에 정해진 데 없이 걷는 일이 있을 것 같다고 생각했다.

지은 지 얼마 되어 보이지 않는 아파트단지 앞 천변에 다다랐을 때 유키노의 걸음이 멈췄다. 발 닿는 대로 걸었지만 도착한 데는 이곳. 유키노가 기억하던 공업단지는 호텔과 공원, 아파트단지로 바뀌어 있었다. 만약 돈이 있다면 한번쯤 살아보고 싶을 만큼 깨끗하고 잘 정리된 동네였다. 한때 공장이 있었다는 사실이 오히려 이상하게 느껴질 정도였다.

"우리 사진 찍을까?"

유키노는 멍하니 기억 속의 풍경을 떠올려보다가 한주의 말에 깨어났다. 망설일 필요가 없는 제안이었다.

그 사진 속에서 유키노는 한주와 함께 나란히 서 있었다. 누군가 빛에 번져 사라지거나 어둠 속으로 가라앉지 않았다. 온전히 함께였다.

✳

의사는 유키노의 목소리가 무척 들떠 있다고 생각했다. 그리고 그 이야기 속에서 아직 유키노가 자신에게 말하지 않은 것이 있음을 알았다.

"그래서 유키노 씨가 좋아하는 건," 하고 의사가 운을 뗐을 때, 유키노는 그것만이 오직 오늘 상담에서 하고 싶었던 이야기라는 듯 밝게 웃으며 대답했다.

"제가 좋아하는 건, 그 사진. 생일날 한주와 찍은 그 사진이에요."

의사는 그에게 좋아하는 것이 있어서 다행이라고 생각

했다. 또 그가 그것을 웃으며 말할 수 있어서 안도했다. 그러나 그 때문에 쓸쓸한 마음이 되었다.

"그럼, 부산에 한수 씨랑 오게 된 것도 결국은,"

유키노는 먼저 판단하지 않겠다는 듯 질문하는 의사에게 그래도 괜찮다고 고개를 크게 끄덕여주었다. 그리고 이제 유키노로부터 바로 그날의 이야기가 시작될 것이었다.

도쿄를 떠나 부산으로

유키노는 아파트의 창문을 열고 눈이 내리는 하늘을 올려다보았다.

'도쿄에도 눈이 내리고 있을까?'

부산에 눈이 오는 것처럼 도쿄에도 눈이 오고 있고, 자신이 창밖으로 눈을 보고 있는 것처럼 한주 또한 내리는 눈을 바라보고 있으면 좋겠다고 생각했다. 눈이 와서 그런지 집 안은 더욱 고요하게 느껴졌다. 냉장고의 모터 소리가 유독 선명했다. 간혹 유키노가 늦게까지 놀다가 돌아온 새벽이면, 한주는 냉장고 옆에 기대 잠들어 있곤 했다. 유키노는 냉장고 옆으로 가 앉아보았다. 한주의 말이 맞았다. 거긴 참 따뜻했다.

도쿄를 떠날 수밖에 없었던 것은 한주와 함께 사는 집으로 한수가 찾아왔기 때문이다. 현관문을 열었을 때 그는 너무나 점잖은 태도로 그동안 빌린 걸 모두 갚고 싶다고 말했다. 그 말을 할 때 한수는 오해, 라고 하지 않았다. 하지만 유키노는 그 편이 오히려 더 불안했다.

한수는 두리번거리면서 거실로 들어서자마자 미안해, 미안했어, 여러 번 사과했다. 그건 준비한 대사처럼 매끄럽고 또 부자연스러웠다. 유키노는 이제 괜찮지 않았으므로, 그리고 곧 한주가 돌아올 이 집에 한수 네가 오는 건 괜찮은 것이 아니니까 괜찮다는 그 말이 입 밖으로 나오지 않았다. 대신 한수에게 고개를 저어 보였다. 미안해하지 않아도 된다는 뜻인지, 더이상 우리는 아니라는 뜻인지, 유키노도 잘 모르겠다고 생각했다. 그 순간이었다.

"한주라는 년 때문이지?"

유키노는 온몸에서 무언가 빠져나가는 듯하면서도 한편으론 홀가분했다. 한수가 변하지 않았음을 오래지 않아 확인할 수 있었고, 한주가 오기 전 그를 내보낼 수 있을지도 몰랐다. 그러나 한수는 한수대로, 여전히 유키노에게서 원하는 반응을 어떻게 끌어내야 하는지 잊지 않고 있었다. 소중한 존재를 망가뜨리는 것. 그러나 한수의 그 목적은 절반은 적중했고 절반은 실패했다. 한수의 질문 덕분에 유키노는 그제야 자신에게 가장 소중한 존재가 바로 한주라는 것을 깨달았기 때문이다.

유키노가 돌변한 한수 쪽으로 다가가려 할 때였다. 한수는 주머니 안에서 작은 칼을 꺼내 보였다. 눈은 두리번거리며 계속 무언가를 찾는 듯했다. 순간 유키노는 한수의 손에서 칼을 빼앗아 찌르고 자신도 죽는 상상을 했다. 하지만 여기는 오타루가 아니라 도쿄라고 여러 차례 되뇌었다. 곧 퇴근한 한주가 돌아올 시간이었다. 게다가 한주와 집에서 곱창전골을 해 먹기로 한 날이었다.

"한주라는 여자가 너와 나 사이에서 거짓말을 하고 있어!"

또다시 익숙한 상황이 펼쳐졌으나 유키노는 더이상 익숙할 수가 없었다. 어쨌거나 마지막 장면은 한수가 떠난 빈집에 우두커니 서 있는 유키노의 모습. 다만 예전과 달리 피가 묻어 있지 않은 두 손을 내려다보고 있을 뿐이었다. 한주가 돌아오기 전에, 유키노는 한수가 칼로 찢어낸 그녀의 외투를 챙겨 자신의 방에 가져다두었다.

그날 밤 설거지까지 마친 유키노는 평소보다 일찍 방으로 들어갔다. 뒷면이 거칠게 찢긴 외투를 살펴보며 유키노는 다시 걸치기 어렵게 되었다고 생각했다. 한주는 이 외투를 입고 편의점에 간식거리를 사러 나가곤 했었다. 어느 날엔가, 한주는 갑자기 유키노를 앞질러 빠르게 걸어가다가 뒤를 돌아보며 알 듯 말 듯한 말을 건넸다.

'뒷모습이 그 사람의 진짜 얼굴 같아.'

유키노는 가끔 그 말을 생각했다. 무슨 의미인지 알 수 없었기 때문이다. 하지만 오히려 내내 떠올릴 수 있어서 좋았다. 한주가 이해하냐고 되묻지 않아서 더 좋았다. 유키노는 그 말을 곱씹으며 한주를 생각했다. 여전히 앞치마의 리본이 비뚤었다. 한주가 못하는 것들 중 하나였다. 수건의 귀퉁이를 맞춰서 접지 못했고, 선을 그을 땐 자를 사용하고도 반듯하지 못했다. 운동화 끈도 자주 풀렸다. 처음엔 한주의 그런 면을 전혀 몰랐다. 들키지 않으려 안간힘을 쓰고 있었으니까. 고작 수건 몇 장 접는 일인데 유난히 오래 걸리던 한주, 고개를 숙이고 발목을 까닥이면서 운동화 끈을 수차례 확인하던 한주. 그런데 어느 순간부터 한주는 애쓰지 않았다. 귀퉁이가 맞지 않는 수건들을 볼 때, 매듭의 크기가 다른 운동화 끈을 볼 때마다 유키노는 안도했다. 그녀가 더이상 숨기려 하지 않아서 정말 다행이라고 생각했다. 왜 그런 생각이 들었는지 모르지만 어쨌거나 그랬다.

유키노는 이만 한주를 떠나야겠다고 생각했다. 틀림없이 한수가 또 찾아올 것이다. 어머니를 찌른 것처럼 무방비 상태의 한주를 찌를지도 몰랐다. 물론 한수는 말할 것이다. 자신에겐 나쁜 의도가 없었으며 이건 다 오해라고. 하지만 이제 유키노에게 한수의 그런 말과 이유는 더이상 중요한 게 아니었다. 어차피 그런 사람들은 끝까지 자신의 좋은 의도만을 강조하니까. 한수에게는 그저 오해에 불과할 테지만 만약 한주의 일상에 다시 약간의 균열이라도 생긴다면 자신의 모습을 한사코 숨기려 했던 이전의 삶으로 돌아가고 말 것이다.

유키노는 한주가 다시 숨죽이며 사는 걸 원하지 않았다. 자신이 좋아하는 한주는 그냥 한주 그대로의 한주였다. 그걸 지켜주고 싶었다. 그러려면 한주와 한수를 떼어놓아야 했다. 방법은 의외로 간단했다. 한수와 함께 그의 고향인 부산으로 가자고 생각했다. 그건 너무 당연하게까지 여겨져서 도리어 차분해졌다. 떠나기 전 날엔 마트에서 장을 좀 풍성하게 봤다.

'그 과일과 야채는 금방 다 먹었을까.'

유키노는 그런 생각을 하다가 다시 일어서 창가로 다가갔다. 열린 창문으로 손을 뻗어보았다. 눈이 손바닥 위로 내려앉았다. 그리고 금세 사라져버렸다.

＊

　　부산에서 유키노는 아파트 밖으로 나가는 일이 드물었
다. 한수는 일본식 덮밥을 만드는 식당을 개업했지만, 유
키노에게 식당 일은 도울 필요가 없다고 했다.

　'그냥 너 하고 싶은 거 해.'

　　유키노가 정말 하고 싶은 건 부산 거리를 마음껏 걸어
보는 거였다. 사람들을 보고 싶었다. 어떤 커피를 마시는
지, 커피잔은 어떻게 드는지, 교재에 적힌 한국어가 아니
라 부산 사람들이 주문할 때 사용하는 말은 어떤 건지, 그
런 사소한 것들이 궁금했다. 원래 사람이 북적거리는 밖
을 좋아하기도 했지만 예전에 한주와 나눈 대화가 떠올
랐기 때문이다. 신주쿠 산초메역 근처의 게이 전용 장소
에서 보았던 문구에 대해 한주와 이야기한 적이 있었다.
그녀는 그가 느낀 두려움이 무엇인지 충분히 알 것 같다
며 이렇게 말해주었다.

　'차라리 혐오한다고 말하면 싸울 수나 있을 텐데.'

　　하지만 다시 한 손으로 턱을 괴는 듯하다가 고개를 갸
웃했다.

　'하지만 또 모르겠어, 한국이라면 그런 문구를 대놓고
쓰기조차 어려울지 몰라.'

한주는 도쿄에 오기 전에 성소수자들과 이야기한 적조차 없다고 했다. 한국엔 성소수자가 그렇게 적단 말인가, 놀라는 유키노의 표정을 보고 그녀는 어깨를 으쓱해 보였다.

'한국은 분위기상 자신이 성소수자인 걸 친구에게도 쉽게 말하지 못해.'

'그런 걸 이야기조차 하면 안 돼?'

한주는 고개를 저었다. 그녀는 그런데, 라는 말을 입속에 오래 품고 있다 겨우 내놓는 사람처럼 조심스럽게 이야기를 이어갔다.

'이태원에 모이는 곳이 있다고 듣긴 했어.'

'한주 너도 가본 적 있어?'

'아니, 없어. 사람들 이야기 속에서 거긴 좀 꺼림칙한 곳이었거든. 물론 미군이 일으킨 사건이나 사고가 많아서였을 수도 있지만, 나중에 생각해보니까 사람들 편견 때문에 그렇게 말했던 것 같아.'

이태원과 신주쿠 산초메, 어떤 쪽이 더 슬픈 건지는 모르겠지만 그때 유키노는 느꼈다. 일본과 한국은 확실히 다르다는 것을. 이제까지 부산을 좋아한다고 말하고 다녔지만, 사실 부산이 어떤 곳인지 전혀 떠올려보지도 않았고 그렇기에 감이 잡히지도 않았다. 그래서 부산에 가게 되면 꼭 거리를 걸어보고 사람들과 직접 부딪쳐보고 싶다고 생각했다.

하지만 한수는 유키노가 집밖으로 나가는 걸 좋아하지 않았다. 그 이유를 묻지 않아도 유키노는 알 수 있었다. 한수는 유키노를 틀림없이 사랑했고, 그런 유키노를 자신이 없는 곳에는 절대 내보내고 싶어하지 않았다.

'그래도 하루에 하나씩 좋아하는 것 말하기, 나 이건 잘 지키고 있어.'

유키노가 할 수 있는 건 그런 게 대부분이었다. 하루는 날리는 눈을 보며 처음 만났던 날의 한주를 생각했고, 또 하루는 부산의 길들을 내려다보며 걷는 걸 좋아하던 한주를 떠올렸다.

와세다대학교의 외국인을 위한 어학당에 같이 간 적이 있다. 외국인의 대학 입학 자격을 검색하던 유키노가 발견한 곳이었다. 유키노는 한주가 공부를 했으면 좋겠다고 생각했다. 책을 좋아하고 소설 이야기를 할 때 들떠 보이는 그녀에게 대학교보다 더 어울리는 곳은 없는 것 같았다. 한주는 나보다 일본어를 훨씬 잘하는데 이걸 왜 들어야 되지, 툴툴대면서도 한주에게는 반드시 가야 한다며 앞장섰다. 육 주에 이십오만 엔, 이십사 주엔 구십오만 엔. 유키노는 처음에 그것을 이만오천 엔으로 읽었다. 그러다 안내물을 다시 들여다보았다.

'이 정도는 뭐.'

유키노는 아무것도 아니라는 듯 부러 소리내어 말했다. 한주는 마주 웃으며 끄덕여주더니, 상담원에게는 공손하게 고개를 숙였고 자료집을 받아 가방에 넣었다. 그러고는 유키노의 팔을 조용히 잡아끌었다.

상담을 마치고 나와서 유키노는 한주와 함께 후문 근처의 카페에 들렀다. 어쩐지 비싸고 푸짐한 메뉴들만 눈에 들어왔다. 아보카도와 훈제한 참치가 올라간 샐러드, 녹인 화이트초코를 한번 더 끼얹은 초콜릿 무스케이크를 주문했다. 커피는 메뉴에 포함된 아이스커피였지만 맛이 나쁘지 않았다. 유키노는 한주가 먹을 것엔 손을 대지 않고 벽면에 걸린 도쿄의 지도를 가만히 들여다보고 있는 것이 마음에 걸렸다. 괜히 대학 등록을 알아보자고 해서 한주를 울적하게 만든 것은 아닌지 미안해졌다.

'신주쿠까지 걸어갈래?'

한주가 좋아하는 일을 함께하자고 제안하는 경우는 드물었다. 혹시라도 유키노의 시간을 빼앗을까봐, 좋아하지 않는 일을 자신 때문에 억지로 하게 될까봐 늘 조심스러워했다. 게다가 그날은 가만히 서 있어도 등허리에 땀이 조금씩 베어나오는 여름 초입이었다. 유키노는 땀 흘리는 것도, 신주쿠도 별로 좋아하지 않았지만 고개를 끄덕였다.

카페에서 나온 유키노와 한주는 붕어빵을 파는 가게 건너편의 산사를 한번 올려다보고는 곧장 국립국제의료연구센터병원 방향으로 걸어 내려갔다. 산사에 올라갈 것도 아닌데 왜 올려다본 걸까, 한주가 중얼거렸던 것 같기도 한데 확실하지 않았다. 유키노는 초여름의 따가운 햇빛을 느끼며 그날 선크림을 언제 발랐는지 기억을 더듬어보았다. 한주는 양산 가지고 왔겠지, 힐끗 넘겨보기도 했던 것 같다.

토야마고등학교를 지날 땐 훈련중이던 야구부 아이들의 공이 한주 쪽으로 날아와 유키노가 공을 주우러 온 학생에게 소리지를 뻔했다. 가쿠슈인여자대학교 앞에서는 졸업 사진을 찍는지 카메라를 두고 정장 차림의 사람들이 여러 차례 웃고 있었다. 유키노는 생일에 한주와 함께 사진을 찍었던 일이 생각나 그 사람들이 카메라 앞에서 웃는 모습을 유심히 바라봤다. 다른 사람들이 봤다면 아마 자신과 한주도 저런 모습이었을 것이다. 그런 생각을 하니까 저들이 마치 잘 아는 사람들처럼 느껴져서 괜히 이렇게 저렇게 해보라고 끼어들고 싶어졌다.

토야마도서관 앞을 지나면서는 갑자기 바람이 거세져

한주가 쓰고 있던 양산이 뒤집힐 듯했다. 바람을 막는 것처럼 불어오는 쪽으로 양산을 기울여보라는 말에도 한주는 자꾸만 반대 방향으로 젖히기만 했다. 유키노는 같이 걷기 부끄럽다는 말을 남기고 빠른 속도로 앞장서 걸었다. 한참 만에 뒤를 돌아보았을 때도 한주는 여전히 양산과 씨름중이었다. 마치 자신보다 얼굴 하나쯤은 더 큰 사람에게 양산을 뺏기지 않으려 바둥거리는 것 같았다. 그런 모습이 우스꽝스러워서 유키노는 핸드폰으로 사진을 한 장 남겨두었다.

총무국 근처에 다다르자 이번엔 오래된 맨션단지들이 줄지어 있었다. 그때 한주는 어릴 때 살았던 주공아파트 이야기를 들려주었다.

'집에 내려가면 그 주공아파트 놀이터의 그네에 앉아보곤 했어. 거기서 내가 살았던 아파트 베란다를 올려다봤지. 이젠 누가 살까, 딱히 궁금하지도 않은 것들을 떠올리면서.'

생일날 미타역에 가자며 조르던 한주의 모습이 떠올랐다. 한주는 유키노가 어린 시절을 미타역 근처에서 보냈다는 걸 잘 알고 있었다.

'이젠 좀 궁금해, 누가 거기서 어떻게 살고 있을지. 물론 묻긴 힘들겠지만.'

유키노는 그 말에 시선을 땅으로 떨어뜨렸다. 저녁은 뭘 먹을까, 날이 더우니까 커피 한잔 더 하는 건 어떨까, 이런 말로 화제를 돌리고 싶어하는 자신이 한심하게 느껴졌다. 하지만 한주는 양산이 조금 망가진 것 말고는 아무런 문제가 없다는 듯 웃어 보였다. 유키노는 한주의 손에 들린 양산으로 손을 뻗었다.

'내가 물어보면 되지, 나 한국어 그 정도는 해. 또 내가 좀 잘생겼잖아. 알지? 사람들은 미남에게 관대해.'

그녀는 더 들을 필요가 없겠다는 듯 손을 흔들어 보이곤 먼저 성큼성큼 걸었다. 신주쿠역에 닿았을 때였다. 한주는 걸어오는 동안 보았던 풍경들을 떠올리는지 문득 이렇게 말했다.

'사람들 재밌게 산다.'

유키노는 땀을 닦던 손수건을 다시 주머니에 넣고 핸드폰을 꺼내 아까 찍어둔 한주의 사진을 들이밀었다.

'너도.'

서로 눈빛이 오갔다고 느꼈을 때였다. 삭제 버튼을 누르려고 재빠르게 손을 뻗던 한주를 피해, 핸드폰을 빼돌리며 실랑이를 벌였던 일이 기억난다. 유키노가 핸드폰을 빼앗기지 않으려고 인파 속으로 도망친 것도. 유키노는 사람들 사이에 숨으면서도 한주를 시야에서 놓치지 않았다. 불쑥 나타나 놀래켜주려고 했다. 그러나 그는 그 자리에 붙박여 다시 그녀에게 다가가지 못했다.

혼자 남겨졌다고 생각한 한주가 그제야 자료집을 꺼내들었고, 고개를 숙였기 때문이다. 뒤늦게 유키노를 발견한 한주가 깜짝 놀라 얼른 눈물을 닦으며, '유키노, 나 여기야! 여기 있어!' 하며 부르던 목소리.

유키노는 부산의 거리를 내려다보며, 그날 한주와 함께 걸었던 길을 오래도록 생각했다.

'역시 너는 옷을 잘 보는 거 같아.'

유키노가 쇼핑을 하고 오면 한주는 항상 그렇게 말했고,

'그런 옷은 대체 왜 산 거야?'

한수는 그렇게 말한다. 유키노는 순간 시야가 흐려진다고 느끼며 고개를 저어보았다. 언젠가부터 생각을 시작하면 그 끝엔 늘 한주가 있었다. 그 옆엔 다시 한수가 서있었다. 자꾸만 두 사람을 같이 세워두게 되었다. 아니, 한수가 유키노의 바로 앞에 있고 그 뒤에 언제나 한주가 있었다. 앞에 있는 건 분명 한수인데 선명한 건 한주라서, 자꾸만 유키노가 뒤를 돌아 한주를 보게 만들었다.

✳

"유키노 씨."

"네."

"그날, 언제부터 한주 씨를 본 건가요?"

의사는 아까부터 펜을 오른손에서 왼손으로, 다시 왼손에서 오른손으로 왔다갔다하고 있었다. 유키노는 의사의 손에 들려 있던 펜이 책상 위로 미끄러지는 걸 보며 느릿하게 말했다.

"저는 그저 길을 찾고 있었을 뿐이었어요……"

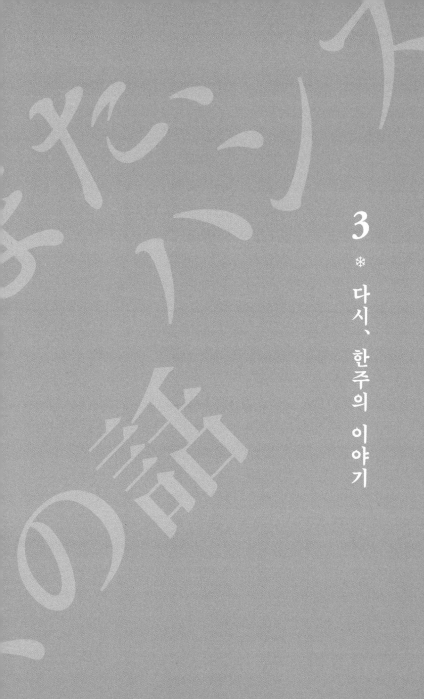

3

＊

다시, 한주의 이야기

유키노, 정추, 김추

정추.

퇴근 후 불도 다 켜지 않은 채 식탁 앞에만 앉아 있던 한주는 그제야 그 이름을 온전히 떠올릴 수 있었다. 낯선 이름은 언젠가 들어본 적이 있었음에도 기억에 선명하게 자리잡지 못했던 모양이었다. 한주는 그 이름이 떠오르자 천천히 몸을 일으켜 창 쪽으로 다가갔다. 낮부터 시작된 함박눈이 그칠 줄 모르고 있었다.

오늘은 조금 어려운 날이었지만, 한편으론 좋은 날이 었다고 생각했다. 낮에 걸려온 경찰의 전화로부터 유키노 가 부산에 있다는 소식을 들었고, 또 자신을 만나지 않겠 다는 마음도 알게 되었으니 말이다. 적어도 확실해졌다는 건 좋은 일이었다. 창밖의 눈을 바라보던 한주는 다시 몸을 돌려 집 안을 바라봤다. 유키노가 사라진 후 일 년 동안 변한 것은 없었다.

'혹시 정추라는 이름을 들어본 적이 있습니까?'

경찰이 자신을 찾는다는 건 유키노에게 감형의 여지가 있다는 뜻일 수 있었다. 그렇다면 경찰이 했던 질문에 최대한 정확하고 자세하게 답해야만 했다. 물론 아무리 애쓰더라도 유키노의 마음은 변하지 않을 수 있다. 그런 건 상관없었다. 다만 유키노에게 도움이 되고 싶었다. 한주는 잊을 수 없는 악몽이 떠오른 것처럼 눈을 질끈 감았다. 오래 눌러두었던 부산에서의 일이 떠올랐다. 내가 할 수 있을까, 마음속의 나약한 자신을 일으키듯 머리칼을 한번 쓸어넘기며 방으로 향했다.

정추가 누구인지 알아야 한다. 그렇게 결심이 서자 느릿하기만 했던 한주의 동작이 빨라졌다. 그녀는 노트북을 꺼내 다시 거실로 나왔다. 집 안의 불도 모조리 켰다. 잠시 창밖의 눈이 멀어지는 듯했다.

한주는 음악조차 한 번 들어본 적 없는 작곡가 정추를 따라서 국경을 넘었다. 일본은 물론, 러시아와 카자흐스탄까지 함께 갔다. 정추는 자신이 갈 곳을 직접 선택해 국경을 넘었다. 그가 조선을 떠나 일본으로 간 이유는 오로지 음악을 제대로 배우기 위해서였다. 그는 그곳에서 평생의 스승이라 할 만한 이를 만나게 된다. 일본인이었음에도 정추는 그를 떠올릴 때마다 '나의 영혼, 나의 스승'이라고 말하기를 주저하지 않았다. 그는 그런 사람이었다. 국적이나 민족보다 음악, 그러니까 영혼이 중요했던 사람. 전쟁중에도 북한의 국비 유학생 신분을 유지했고, 모스크바 국립대학의 장학생이었던 그가 김일성 정권을 비판하며 망명지로 선택한 곳은 카자흐스탄이었다. 그는 평생 고국으로 돌아갈 수 없으리라는 사실을 알았을 것이다.

진짜의 나로 살고 싶어서. 그가 당시 친구들과 다짐했던 것이었다. 한주는 진짜, 라는 말을 작게 소리내어보았다. 이어서는 인류 최초의 유인우주선 발사 순간 울려퍼진 그의 음악을 상상했다. 그러나 그 자리엔 존재할 수 없었던 그 사람에 대해서도.

얼마 되지도 않는 정추의 자료를 읽어 내려가던 한주의 눈에 눈물이 맺혔다. 그 자료가 유키노의 소식을 전해주는 것은 아니었다. 당연했다. 정추는 이미 백 년 전에 태어나 사망한 작곡가였다. 그럼에도 한주는 그 자료들이 무언가를, 다름아닌 유키노에 대한 중요한 사실들을 알려주는 것처럼 느껴졌다.

정추가 그토록 찾고 싶어했던 '진짜'를 유키노의 어머니도 바랐던 것일까. 그렇다면 그녀는 그 '진짜'와 같은 무언가를 찾았을까. 하지만 국비 유학생이었던 정추와 클럽의 청소부였던 그녀가 같은 선상에 놓일 수는 없을 것이다. 어쩌면 그녀도 알았을 것이다. 아무리 정추를 동경해도 그녀의 삶이 정추의 삶과 결코 같은 궤적을 그릴 수 없다는 것을 말이다.

한주는 다시 한번 목이 메였다. 자리를 끊임없이 선택하지만 그곳에 완벽히 소속되지는 못하는 삶들. 어째서 모든 선택들이 전부 '진짜'가 될 수는 없는 걸까. 뺨으로 연신 흘러내리는 눈물을 훔치며 검색 페이지를 넘기던 한주는 진정하기 위해 숨을 골랐다. 아직 할 일이 있었다. 반드시 해야 할 일. 한주는 이제 갓난아이였던 유키노가 발견된 장소를 떠올렸다. 내친김에 그곳, 그러니까 줄리아나 도쿄를 검색창에 적어넣었다. 경찰서에 가기 전 유키노의 어머니가 말해주었던 그곳에 대해서도 더 정확하게 알아야겠다는 생각이었다. 그러자,

김추.

정추와 한자가 같은 누군가의 이름이 화면 상단에 떠올랐다. 단지 이름이 같았을 뿐이지만 한주는 오랫동안

그 페이지에서 벗어나지 못했다. 천천히 스크롤을 내리던 한주는 그가 한 신문에 연재중인 칼럼의 제목에 시선이 멎었다. 그 제목에 '줄리아나 도쿄'가 들어 있었다. 정확히는 '두 개의 단상, 줄리아나 도쿄와 전공투'.

한주는 그 칼럼을 천천히 읽었다. 유키노가 처음 발견된 곳, 어쩌면 태어났을지도 모를 줄리아나 도쿄가 어떤 장소인지 그녀는 알게 되었다. 그러므로 바로 그 이름을 붙잡아야 한다고 생각했다. 정추, 줄리아나 도쿄, 그리고 이제는 김추.

한주는 검색창에 줄리아나 도쿄를 지우고 김추를 적어 넣었다. 마침 주말인 내일, 한 학회에 그가 발표자로 선다는 사실을 알게 되었다. 날짜를 수차례 확인하며 그것이 지나버린 과거가 아니라 바로 내일로 예정된 일정임을 알았을 때 그녀는 몹시 두근거렸다. 마치 그곳에 가면 유키노를 만날 수 있을 것처럼. 다른 선택지는 없었다. 그 학회에 김추의 발표를 들으러 가야 했다.

✻

"눈이 내리니까 낮인지 저녁인지 모르겠네요."

서가 정리를 하던 한주의 곁으로 다가온 동료가 말했

다. 정말 그랬다. 눈이 내리는 동안엔 시간을 가늠하기 어려웠다. 어제에 이어 오늘도 눈은 그칠 기미를 보이지 않았다. 평소엔 눈이 온다고 해도 진눈깨비가 흩날리다 마는 식이다. 폭설이 드물지 않던 서울이라고 바꿔 생각해봐도 확실히 큰눈이었다. 바다를 끼고 있는 특유의 따뜻한 기후가 아니었으면 진즉 교통 대란이든 뭐든 큰 문제가 생겼을 것이었다. 동료의 말에 따르면 사 년 만의 큰눈이라고 했다.

'눈의 요정이 한주 씨를 따라다니나봐요.'

한주는 사 년 전 처음 근무하러 왔던 날, 유키노가 해주던 말을 떠올렸다. 아마 지금 이 눈을 함께 보고 있었다면, 틀림없이 또 한번 그 말을 해주었을 것이다. 그녀는 순서가 바뀌어 꽂힌 책들을 정리하며 어젯밤의 결심을 떠올렸다. 오후에도 이 눈은 그치지 않을 듯했지만, 그럼에도 그 학회에 반드시 가야겠다고 생각했다.

눈길을 헤치고 학회가 열리는 대학 건물에 도착하자 한주는 저절로 어깨가 움츠러들었다. 추위 탓이 아니었다. 새벽까지 잠을 이루지 못하고 유키노와 관련된 조각들을 맞추어보던 열정은 거짓말처럼 사라져 있었다. 낯선 장소, 모르는 사람들, 하지만 너무나 익숙한 풍경. 낯선 것과 익숙한 것이 두루 자신을 위축시키고 있음을 그녀는 깨달았다. 그렇다고 다시 발길을 돌려 나가는 것은 더 어렵게 생각되었다. 힘들지만 기꺼이 내린 선택임에도 막상 그 상황이 오면 다시 그 선택을 물리고 이전으로 돌아가고 싶어졌다. 차라리 남들에게 떠밀려 하는 선택이 편할 때도 있었다. 그러므로 번복은 더 어려운 선택이라는 걸 그녀는 절감했다.

어서 자료집을 챙겨 세미나실로 들어가는 것이 차라리 나을 것이었다. 학회가 진행중임을 알리는 안내문이 문 앞에 붙어 있었다. 그 앞으로 긴 책상을 놓고 자료집과 식순이 적힌 종이를 나누어주는 학생들이 보였다. 한주 또한 저런 일을 한 적이 있다. 고작 그런 일에도 위계가 있었다. 주로 세부전공 간사들이 맡아 했으므로 석사과정중이던 한주는 그들이 늘 대단해 보였다. 건네주는 것은 고작 자료집과 간식 등이었지만, 그 자리에서 그들은 학회에 초청된 젊은 교수들과 서로 얼굴을 알아보고 안부를 나누었다. 대학원 내에서 연결되어 있다는 것. 그녀는 그들처럼 같은 연구 공동체 안에 있다는 감각을 느껴보고 싶었다. 늘 끈 없이 외따로 떨어져 있다고 생각했었으니까. 하지만 시간이 흘러 그녀 또한 그 일을 하게 되었을 때 알게 되었다. 그건 그냥 무급제 노동에 불과하다는 걸 말이다. 그녀는 자료집을 건네받을 때 일부러 학생들에게 고개를 깊이 숙여 인사했다.

학회장 안은 그다지 북적이지 않았다. 폭설이 내리는 주말이었다. 학회장뿐 아니라 어디든 사람들이 많긴 힘들었다. 모여 앉은 사람들은 나지막이 이야기를 나누고 있었다. 대부분 관련 연구자들이거나, 발표자와 토론자의 학생, 지인들일 터였다. 한주는 잠시 두리번거리다 끝자리로 가 앉았다. 알은척을 할 사람도, 해올 사람도 이곳엔 당연히 없었다. 지금 이 순간에는 그것이 오히려 작은 안도감을 주었다. 자료집을 열어 김추의 순서를 찾아보았다. 돌아 나가고 싶었던 마음은 완전히 사라져 있었다. 곧 김추의 차례였기 때문이다.

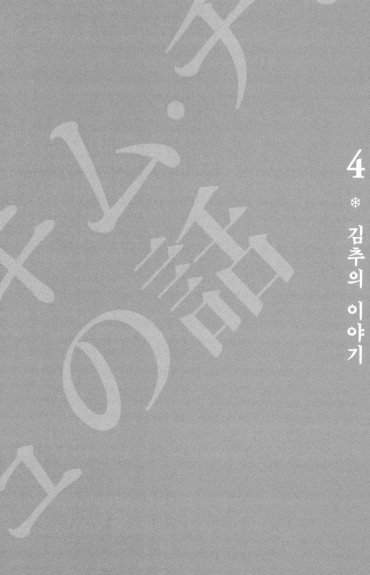

4

✽

김추의 이야기

학회장 1
주인공이 되고 싶어

이틀째 이어진 눈으로 창밖은 이렇다 할 풍경 없이 온통 하얀 도화지 같았다. 쉬지 않고 내리는 눈 때문에 낮 동안은 정확한 시간을 헤아리기도 어려웠다. 도쿄에 이렇게까지 눈이 온 적이 있었나. 내내 이곳에서 자란 추에게는 낯설었다. 그는 눈 속에서 누군가를 찾는 사람처럼 골똘히 창밖만 바라보았다. 오늘쯤은 눈이 그쳤으면 했다.

'사람들 평소보다 안 오겠는데.'

그는 볼에 바람을 집어넣었다가 후 하고 길게 뱉었다. 긴장에 아쉬움까지 섞여 어떤 것에도 차분하게 집중하기가 어려웠다. 사실 추는 불가항력이라고 생각되는 일에는 우울함을 잘 느끼지 않는 타입이었다. 눈이 오는 걸 막을 수도 없었고, 폭설을 예견하고 매해 이 시기에 진행되는 학회 일정을 옮길 수도 없는 노릇이었다. 게다가 평소 같으면 학회에 누가 오든 크게 신경쓰지 않았을 것이다. 볼에 다시 바람을 넣었다가 뱉으며, 추는 앞에 놓인 자료집에서 발표문 제목을 확인했다.

'두 개의 단상, 줄리아나 도쿄와 전공투―자유와 이념은 어떻게 실현되고 좌절되었나'.

십 년 넘게 연구해왔다고는 하지만 연구자로서 긴 시간이라고 할 수 없었다. 또 학위를 받은 후 안정적인 교원 자리에 임용된 것도 아니었고, 여전히 원서를 쓰며 단기 계약직 연구원 자리를 옮겨다니고 있었다. 그럼에도 그는 자신이 하는 연구를 좋아했다. 물론 어려운 경제적 여건 속에서 제대로 된 피드백을 받기 힘든 연구를 계속하는 게 불안할 때도 있었다. 하지만 역시 연구자로 살 수 있어 좋았고 운이 좋은 편이라고 생각했다.

'그리고 이번 논문은 좀 다르지.'

추는 혼잣말을 삼키며 자신의 양손을 내려봤다. 무엇도 쥐고 있지 않은 자신의 손을.

추는 대중문화를 바탕으로 정치와 미디어, 새로운 기술의 출현이 사회에 미치는 영향을 연구했다. 그러므로 문학이나 영화처럼 완결된 텍스트를 주요 대상으로 삼지 않았다. 완결된 텍스트들은 시작과 끝이 분명하기에 과거의 학문이라는 단점이 있지만, 쌓여온 것들이 많기 때문에 깊게 연구할 수 있다는 장점도 있었다. 반면 추의 분야는 사회학적인 관점을 통해 대안을 탐구하고자 하는 것에서 출발했으므로 연구가 실생활과 밀접한 데서 오는 쾌감이 있었다. 사회에 도움을 줄 수 있다는 믿음 말이다. 다만 대안을 도출해내다보니 주로 표본화된 수치를 근거로 연구가 진행될 수밖에 없었고, 종종 표면적이고 계량적인 분석에 그친다는 비판을 받기도 했다. 문학이나 영화 등을 가져와 메타적인 분석을 해도 결국엔 수치나 이론에 작품을 꿰어 맞춘다는 이야기를 듣는 경우가 허다했다. 그 역시 그런 생각을 안 해본 건 아니다. 가령 시위 현장에서 단일한 정치적 목표하에 구호를 외치는 집단을 가정해본다면? 이 집단을 표본화한다면 그저 한 덩어리겠지만, 사실 그 안에는 수많은 개인들이 각각 존재한다. 슬로건으로 수렴되지 않는 개인적인 발언들, 대동소이해 보이는 운동문화 속의 특이한 공연들. 그러니까 단지 집단으로만 볼 수 없었다. 추는 특히 그런 정치적 집단 안에서 참여자가 온전한 개인으로 설 수 있는 공간이 바로 단상이라고 생각했다. 그렇다, 단상. 이 논문의 시작점이 된 그 단상과 줄리아나 도쿄.

줄리아나 도쿄가 주요 연구 대상이 된 것은 우연이었다. 오사카의 고등학생들이 화려한 의상을 입고 추는 군무가 유튜브를 통해 크게 인기를 얻을 때였다. 추는 당시 막연하게 '무대'에 관심을 두고 자료를 수집하던 중이었다. 아직 논의의 방향을 정하지 못해서, 큰 틀에서 무대를 '자기표현의 수단' 정도로만 느슨하게 규정한 채 자료를 뒤져보던 중이었다. 유튜브 검색창에 무대나 단상과 같은 단어를 넣었을 때였다. 조회수가 어마어마하게 높은 동영상이 있었다. 그게 바로 저 고등학생들의 군무였다. 연구실 책상에 앉아 그것을 골똘히 볼 때, 동료의 뜬금없는 목소리가 등뒤에서 넘어왔다.

'90년대 무대를 보는 것 같아.'

막연히 90년대 무대라니. 추는 자신과 같은 분야를 연구하는 대부분의 동료들을 좋아했고 특히나 긴 시간 함께해온 이 동료를 좋아했지만 그것과 별개로, 아니 좋아하기 때문에 더욱 이 말을 하고 싶었다. 그는 격려만큼 제대로 된 지적이 중요하다고 생각해왔다. 믿음이 가는 동료들에겐 나중에 자신이 한심한 짓을 하면 꼭 붙들고 말해달라고 부탁한 적도 있었다. 그건 확실히 가족이나 애인보다는 같은 분야를 연구하는 동료들이라서 할 수 있는 부탁이었다. 그래서 날을 좀 세워보았다. 연구자라면

적확한 언어를 써야 한다고 생각했으니까.

'90년대가 뭔데?'

그 순간 자신의 의도가 절반은 실패했음을 알았다. 이러저러한 이유로 그 표현이 감상적이라고 차분히 설명하면 될 것을, 이건 비꼬는 것밖에 안 되었다. 하지만 동료는 이해했다는 듯, '그럴 줄 알았다, 연구자야' 하고는 씩 한번 웃더니 이렇게 덧붙였다.

'그냥, 모두 신나 보인다고.'

추는 그날 집으로 돌아와 겉옷도 벗지 않고 일단 주방 식탁에 앉아 그 영상을 다시 틀었다. 어머니가 들어온 것도 모르고 유심히 보고 있을 때였다.

'줄리아나 도쿄네?'

그러니까 추에게 줄리아나 도쿄의 존재를 처음 알려준 사람은 어머니였다.

'거기 젊은 여자들이 짧은 치마 입고 단상 위에 올라가서 춤을 추는 곳으로 유명했거든.'

추는 아예 몸을 돌려 어머니를 올려봤다. 사실 어머니의 나이를 생각했을 때 줄리아나 도쿄를 안다는 건 크게 놀라운 일은 아니다. 다만 그 말을 할 때 어쩐지 신나 보이던 어머니의 모습이 묘한 기분을 안겨주었다. 어머니는 줄리아나 도쿄라면 자신도 아주 잘 아는 곳이라는 듯 덧붙였다.

'남자들은 또 남자들대로 그 소문 듣고 몰려와서 여자들 치마 속을 촬영한 거야. 카메라들을 가져와 막 찍어대니까 경찰이 단속을 아주 심하게 했지. 그래서 망했대.'

추는 정신없이 그 이야기를 메모했다. 어머니가 고개를 절레절레 흔들며 방 안으로 들어가는 것도 의식하지 못한 채 말이다.

추의 어머니는 한국어에 능숙하고 한국의 대중문화도 무척 좋아했다. 젊은 시절 한국에서 유학했으므로 당연한 일일지 모르지만, 집 안에 늘 케이팝과 한국 드라마를 틀어두었다. 정작 한국어를 모르는 추는 별 관심이 없었지만 말이다.

그날도 평소처럼 한국 텔레비전 프로그램을 보나 싶었는데, 집으로 돌아온 추가 방으로 들어가려 하자 어머니는 반색하며 불러 세웠다. 어머니가 가리킨 화면을 본 추는 얼마 전 알게 된 오사카의 고등학생들을 떠올렸다. 줄리아나 도쿄의 군무를 따라 했던 그 영상 속 아이들 말이다. 하지만 자세히 보니 그들이 아니었다.

'셀럽파이브라고 한국 여성 그룹인데, 이거 줄리아나 도쿄야.'

어머니의 목소리가 들떠 있었다. 그걸 보면 자신이 좋

아할 것이라 생각한 걸까, 추는 고개를 갸웃했지만 그 느낌을 제대로 설명하기 어려웠다. 그사이 셀럽파이브라는 여성 그룹은 과연 어머니의 말대로 줄리아나 도쿄의 군무처럼 절도 있는 무대를 선보이고 있었다.

'엄마, 노래 제목이 뭐야? 지금 뭐라고 하는 거야?'

추의 쏟아지는 질문에 어머니는 아까와는 다른 의미에서 신이 났다는 걸 숨기지 않았다. 한국어 좀 배우라니까, 어머니는 추에게 눈을 흘기며 웃어 보였다.

'셀럽이 되고 싶어.'

추는 그 말이 어머니의 마음인지 아니면 노래 제목인지 좀 헷갈린다고 생각했다.

'오늘밤 주인공이 되고 싶어.'

어머니는 그렇게만 말하고는 다시 화면에 집중했다. 추는 어째서 이제껏 자신이 줄리아나 도쿄를 몰랐는지 의아함을 느꼈다. 넋을 잃은 듯 화려한 무대를 바라보는 어머니는 그 순간 어쩐지 '90년대' 사람 같았다. 그냥 무척 신나 보였다.

얼마 후 추는 줄리아나 도쿄가 있던 건물을 찾아갔다. 그전에 그는 나름대로 자료를 수집하기 위해 노력했다. 그는 현장 연구자도 아니었고 원고를 쓰기 전 반드시 취재를 가는 타입도 아니었다. 하지만 줄리아나 도쿄는 누군가 일부러 숨겨놓았다고 해도 믿을 만큼 자료가 없었다. '줄리아나 도쿄는 1991년부터 1994년까지 젊은 여성층을 중심으로 인기를 끌었던 나이트클럽이었다. 그곳에서 젊은 여성들은 커다란 부채를 들고 열을 맞춰 춤을 추는 것으로 유명했다.' 객관적이라 할 만한 자료는 그 두 줄이 전부였다. 추를 어리둥절하게 한 건 빈약한 자료뿐만이 아니었다. 위치도 이상했다. 시부야나 신주쿠처럼 번화가가 아니었으니까. 그곳은 과거 도쿄만을 끼고 조성된 커다란 공업지구인 미타역 근처였다.

'단상 위의 여자들은 모두 어디로 갔을까.'

추는 낮 동안 작업복이나 유니폼 차림으로 제도 안의 노동을 성실히 수행하고, 밤이 되면 줄리아나 도쿄의 단상 위에 올라가 화려한 의상에 커다란 부채를 들고 춤을 추는 여성들을 상상해보았다. 그쯤에서 추는 자신이 생각했던 무대의 의미를 구체화해보기로 했다. 그의 생각에 그것은 자기표현의 수단이며 의지이다. 줄리아나 도쿄에만 있었다는 그 특별한 무대, 높은 '단상お立ち台'에 오른 이들은 바로 그 순간 자기 자신이 될 수 있었을 것이다. 오직 순수한 나로만 존재하는 느낌 말이다. 적어도 그 단상 위에서만큼은 그전까지 감내했던 수많은 사회적 요구들이 완전히 지워졌을 것이다.

건물 외관을 핸드폰 카메라로 촬영하던 추는 그때 모르는 번호로 걸려온 전화를 받았다. 어머니의 보호자인 추를 찾고 있었다. 어머니가 차에 치였고, 응급으로 수술에 들어가야 했기 때문이었다.

추는 어머니가 무사히 깨어나기를 기다리며 수술실 앞을 지켰다. 무릎 위에는 어머니의 가방을 올려둔 채로. 그는 반쯤 열린 가방 안에서 무언가 자꾸 빛난다고 생각했다. 그게 무엇인지는 굳이 꺼내보지 않아도 알 수 있었다.

눈밭의 칼과 아이

추가 스무 살이 되던 해의 생일날, 그는 어릴 때부터 들어온 이야기를 다시 헤아려보아야 했다. 선물이 놓여 있을 거라 생각했던 식탁 위는 깨끗했다. 그 앞에 어머니가 앉아 추를 보며 미소짓고 있었다.

"이제 스물이 되었으니 독립하라는 건가?"

추의 농담에 어머니는 무언가 준비하긴 했다는 듯 발밑에 두었던 가방을 식탁 위에 올렸다. 볼품없이 크고 낡은 그 가방을 어머니는 어디든 가지고 다녔다. 새 가방을 사지 못할 정도로 우리 형편이 좋지 않은 것일까. 어릴 적 추는 나중에 꼭 돈을 많이 벌어서 새 가방을 사주고 싶다고 생각했었다. 그런데 자신의 생일날 그 가방이라니. 어머니는 말없이 그 속에 든 걸 꺼냈다. 칼이었다. 너무 오래되어 누군가를 찌른다 한들 피 한 방울 나오지 않을 칼.

"왜 안 놀라?"

어머니는 그 칼을 쥐고 그를 향해 훅, 입으로만 찌르는 소리를 냈다. 추는 헛웃음을 터뜨렸다. 왜 안 놀라긴, 당신이니까. 어머니는 손에 쥔 칼을 내려보다가 결심한 듯 자신과 추 사이에 내려놓았다.

※

눈밭 위에 남겨진 건 얼굴이 비칠 정도로 날이 바짝 선 칼과 아직 혼자서는 목을 가누지도 못하는 신생아. 둘은 나란히 어둠 속에 누워 있었다. 지나치게 고요한 겨울밤, 먼저 기척을 낸 건 칼이었다. 눈 위로 쏟아지던 가로등의 불빛은 칼날 위에서 반사되며 반짝였다.

"추, 너는 내게 항상 어둠 속에서 빛나던 무언가였어."

어머니는 그 이야기를 할 때면 어색한 연기를 하는 단역배우 같았다. 추는 어릴 적부터 들어온 이야기였으므로 별다른 감흥도 없었다. 그저 또 시작이군, 싶었다. 아주 어렸을 땐 눈밭의 칼이라니, 이가 딱딱 부딪칠 정도로 무

서웠지만 중학생이 되자 우스꽝스러워서 안타깝기까지
했다. 그러니까 추는 사랑하는 어머니와 그 이야기를 이
렇게 이해했다. 남편도 없이 주워온 아이를 혼자 키워야
했던 여성의 상상력이라고 말이다.

추는 학교에 들어가면서부터 어머니와 자신 사이에 암
묵적인 약속이 하나 생겼다고 생각해왔다. 아버지가 없다
는 사실을 비밀로 해야 했다. 친한 친구들에게도 말해서
는 안 되었다. 아마 따돌림을 당할 것이고 심각해지면 전
학까지 가야 할지도 몰랐다. 당시만 해도 여성이 혼자 아
이를 기른다는 건 그랬다. 그래서 한 부모 가정에 지원되
는 생활비를 포기하는 사람들이 많았고 미혼모들이 성매
매 산업으로 쉽게 빠진다는 건 좀더 크고 나서야 알았다.
물론 어느 나라나 그러하듯 일본의 성매매 산업도 복잡
한 구조 속에 있지만, 미혼모가 그 산업 종사자의 큰 비중
을 차지한다는 사실은 추의 마음을 무겁게 했다.

어머니는 추가 알지 못하는 부분에서까지 따가운 시선
을 견뎌야 했던 것이다. 누구의 아이인지, 남편은 어떤 사
람인지, 왜 낳지도 않은 아이를 혼자서 키우는지와 같은
쓸데없는 호기심들. 사람들은 진심으로 걱정하는 것도 아
니면서, 다정한 음성을 가장해 자신의 궁금증만을 채우려
고 한다. 채워지면 금방 잊고 그 자리를 떠난다. 채워지지

않으면, 어두운 욕망으로 지어낸 이야기를 여기저기 옮기고 다닌다. 학교에 들어가면서 추는 그런 인간의 속성을 일찌감치 파악할 수 있었다.

그런 시선으로부터 스스로를 보호하기 위해 사람들은 어쩔 수 없이 연기를 하며 산다. 아마 어머니가 택한 배역은 엉뚱한 사람이었던 것 같다. 누군가 그랬다. 문제를 해결하는 가장 근본적인 방법은 문제를 문제로 보지 않는 것이라고. 어머니는 그 방법을 자신의 상황에 맞게 약간 변형시켰다. 공격을 공격으로 알아채지 못하는 사람이 되어 그 공격 자체를 없어지게 만드는 것으로. 뼈 있는 말들이 쏟아질 때면 어머니는 그걸 받아치는 대신, 맥락에 맞지 않는 이야기를 해대는 엉뚱한 사람이 되었다. 그럴 때면 사람들은 머쓱해하면서도 자연스레 어머니가 만들어낸 전혀 다른 화제로 갈아탔다.

하지만 아직 어린 추는 적당한 배역을 선택하지 못했다. 그래서 어머니는 이야기를 하나 만들어냈으리라. 추가 흰 눈밭에 칼과 함께 놓인 아이였다는 이야기를 들으면, 누군가 함부로 드러낸 혐오에도 다치지 않을 거라 여겼을 것이다. 그러므로 추는 이제까지 그 이야기를 전혀 믿지 않았다. 어머니가 북유럽의 동화와 신화의 첫머리를 어설프게 섞어낸 것이라고 생각하며 한 귀로 흘려들어왔다. 적어도 스무 살 생일 전까지는 말이다.

칼을 보기 전에는 전부 꾸며낸 이야기라고 믿었기에 뭔가를 물을 이유가 없었다. 그러나 어머니는 엉뚱한 사람이지 거짓말을 하는 사람은 아니었다. 칼을 보고 난 후에는 진실된 이야기임을 알았으므로 오히려 뭘 물을 수가 없었다. 추는 그 칼을 마치 증거물을 만지는 형사처럼 조심스럽게 집어들었다. 그 칼의 손잡이엔 희미해져가는 한국어가 새겨져 있었다.

대성물산.

스무 살 생일, 그날 추가 새롭게 알게 된 사실은 없다. 하지만 눈앞에 놓인 그 칼이 이야기를 완전히 새롭게 만들었다. 그때부터였다. 추는 칼과 아이를 함께 버려둔 누군가의 마음이 궁금해지기 시작했다. 발견한 사람이 그 칼로 대신 아이를 찔러주기를 바랐던 것일까, 아니면 그 칼로 아이의 앞날을 지켜달라는 의미였을까.

✳

어머니가 들려주던 또 하나의 이야기가 있다. 그것은 손에 대한 것이다. 그 손에는 상처들이 있다. 어떤 상처는 피부가 조금 벌어진 채 아물었고, 또 어떤 상처는 글을 쓰다 종잇장에 베인 듯 가느다란 선으로 남아 있다. 각각의 상처가 안고 있는 사연들을 손은 흔적으로 말해주고 있었다. 어쨌거나 이야기의 마지막에, 그 손은 꼭 작은 리본을 묶고 있다. 큰 손은 움직임이 무척 꼼꼼하다. 천천히 배냇저고리의 리본을 묶었다가 도로 푼다. 그러곤 리본을 다시 묶고 또 푼다. 아주 어린 추가 그를 올려다보며 웃고 있다.

"그이를 만난 건 대학생 때였지, 단풍잎과 하늘밖에 없는 것처럼 맑고 고요한 가을이었어."

유학 시절, 어머니는 대학 안에서 벌어진 시위 속에서 아버지를 처음 봤다고 했다. 시위의 마지막 무렵, 아버지는 단상 위에 올라가 선동적인 노래 대신 클래식 음악을 틀었다고 한다. 웅장하지도 장엄하지도 않은 곡이었다. 가만히 귀를 기울여야만 들리는. 어머니는 그 곡을 듣는 순간 아버지와 사랑에 빠졌다고 했다.

추는 칼보다는 이 이야기가 훨씬 현실적이라고 생각했다. 어머니가 한국에서 음악을 공부했던 건 틀림없는 사실이니까. 그런데 왜 그 곡의 제목을 확실히 말해주지 않는 걸까. 어느 날엔가 추가 물러나지 않겠다는 듯 따져 묻자, 어머니는 그게 뭐 그렇게 날을 세워야 할 일이니, 하는 표정으로 심드렁하게 말했다. 전공을 한껏 살린 대답이었으므로, 잘 모르는 추는 그런 어머니가 조금 얄미웠다.

"〈요정의 사랑〉이라고 있어."

그냥 고개를 끄덕일 추가 아니었다. 찾아보니 그 곡은 그 유명한 윤이상이 만든 오페라였다. 그걸 1980년대 한국의 시위 현장에서 틀었다고? 그럴 때면 어리둥절해졌다가 이내 마음이 가라앉았다. 연기를 너무 오래하면 어느새 그 배역이 실제 자신이라고 느끼는 경우가 있다고 하던데, 어머니도 그런 게 아닐까. 엉뚱한 사람이라는 배역에 너무 충실한 나머지 어머니는 이제 자신이 하는 이야기의 그럴듯함에는 별 관심이 없는지도 몰랐다. 하지만 이조차 추가 어리석었다. 칼이 진짜였듯, 〈요정의 사랑〉도 진짜였으리라는 걸 추는 너무 늦게 알게 되었으므로.

✳

장례를 치르며 추는 자신이 비장함을 정말 견디지 못하는 사람임을 깨달았다. 하루 종일 거실에 케이팝을 틀어두기도 했고, 보지도 않는 한국 드라마가 흘러나오게 그냥 두었다. 직계의 장례에 주어지는 휴가 외에 다른 휴가를 신청하지도 않았다. 물론 여러 의미에서 대체가 불가능한, 학기중의 대학 강사라는 직업적 이유도 있었지만 내내 슬픔에만 젖어 있고 싶지는 않았다. 슬프지 않다는 뜻은 결코 아니었다. 다만 원래 흘러가던 대로 내버려두고 싶었다.

그래서 어머니의 유품도 한꺼번에 정리하지 않기로 했다. 어머니는 자신의 삶을 살다가 떠난 것이지 이 세상에 애초부터 없었던 사람이 된 것은 아니니까 말이다. 추는 사람들이 위로차 해주었던 말, 산 사람은 빨리 잊고 살아야 한다는 말에 악의가 없음을 잘 알았지만 그걸 곧이곧대로 들을 필요도 없다고 생각했다. 추는 계절이 바뀔 때마다 하는 청소처럼 조금씩 유품을 정리해나가기로 했다. 그날은 우선 가방과 옷가지들만 좀 정리해보자 다짐했던 날이다.

추는 우선 음악을 틀었다. 어머니가 자신을 놀릴 때마다 언급하던 윤이상으로 하려고 했지만 그래도 어머니에겐 케이팝이 더 어울리는 것 같았다. 그의 기분에도 그날은 케이팝이었다. 비록 가사는 몰라도 신나니까.

그럼에도 그는 핸드백 안에서 영수증들을 꺼내면서 울먹이지 않을 수 없었다. 사고가 있기 하루 전, 어머니는 세탁소에서 블라우스와 셔츠를 몇 벌 찾았고 동네 빵집에 들러 커팅되지 않은 식빵을 샀다. 편의점에서는 아무래도 아이스커피를 한 잔 마신 것 같았다. 그는 영수증을 한동안 가만히 내려다보았다. 유품이라면 반지라든가 시계 같은 것들을 떠올렸었다. 그런데 영수증이라니. 그것도 죽기 전 하루의 행적이 담긴. 그는 영수증들을 반듯하게 펴서 다시 핸드백에 넣었다.

큰 가방만을 주로 들어서였는지 어머니에게 가방은 몇개 없었다. 안에 담긴 것들만 확인하고 원래 자리에 넣어두던 추는 옷장 구석에서 낡은 캐리어 하나를 발견했다. 꺼내야 할지 잠시 망설였다. 눈물을 조금 쏟았더니 아까부터 몸이 어딘가에 눕고 싶다는 신호를 보내오고 있었다. 하지만 곧 그 캐리어에 손을 뻗었다. 그것은 오래전 어머니와 함께 일본에서 한국으로, 한국에서 다시 이곳으로 옮겨왔을 터였다. 어쩌면 아주 어린 추가 저 캐리어의 손잡이를 잡거나 밀치며 놀았을 수도 있다. 그래, 캐리어도 가방이지. 추는 합리화를 통해 슬픔을 한번 더 밀어냈다.

의외의 것들이 쏟아졌다. 종잇장들로 가득차 있었던 것이다. 재채기와 기침으로 눈을 뜨기 힘들었다. 묵은 먼지들이 가라앉자 누렇게 바랜 신문들을 볼 수 있었다. 신문 위에 쓰여진 건 모두 한국어였다. 처음으로 한국어를 배워두지 않은 것이 약간 후회스러웠다. 추가 겨우 구분이나 하며 볼 수 있는 건 사진이 실린 기사들이었다.

'전태일인가.'

그는 재채기를 한번 더 했다. 신문 조각들이 아무 저항도 없이 방 구석구석으로 날아갔다. 그것들을 잡으려 하다가 재채기를 거듭했으므로 우선 앞에 놓인 사진 중 아는 얼굴에 대해 생각해보기로 했다. 그가 전태일을 아는 건 논문 때문에 7, 80년대 자료를 찾아보다 그곳에 언급된 한국사 관련 번역서를 몇 권 읽었기 때문이다. 그는 신문 더미 속에서 사진이 실린 것들을 좀더 추려보았다. 한참 뒤지다 기능올림픽에서 우승한 사람들이 서울 시내에서 카퍼레이드하는 사진을 발견했다. 이 역시 한국사 번역서에서 본 적이 있었다. 그는 전태일이 분신하는 사진과 기능올림픽 우승자들이 카퍼레이드하는 사진을 나란히 두었다.

어머니는 대체 이 신문 기사들을 왜 모아둔 것일까? 추는 한 학회에서 만난 한국인 연구자로부터 어머니가 대학에 다니던 시절 한국에서는 시위가 일상이었다는 말을 들은 적이 있었다. 더불어 대학 안의 시위와 바깥의 시위가 다른 방식으로 이뤄졌다는 이야기도 들었다.

'노동자들의 시위는 대부분 묻혀졌어요. 문제를 공론화할 수 있는 매체에 접근할 기회가 그들에겐 흔치 않아서였는지도 모르죠. 야학이 활성화되면서 대학생들을 통해 노동문학도 논의되었던 것이니까요. 정전화된 문학 안에

서 그나마 다뤄질 수 있었던 거죠.'

추는 그때 전공투를 떠올렸다. 시위에서조차 계급성을 느껴야 한다니, 한숨이 새어나왔다.

이런저런 생각을 하면서도 재채기는 계속 터졌다. 간신히 재채기가 멎자 콧물과 눈물이 조금씩 흘러나오고 있었다. 훌쩍이며 빛바랜 사진들을 보던 그는 잠시 정지 버튼이 눌린 듯 모든 동작을 멈췄다. 곧 자신의 방으로 달려가 책장을 헤집어서 오래전 꽂아두었던 책 한 권을 찾아냈다. '한국근현대사'. 목차를 살피며 손이 왜 이리 떨리는지 모르겠다고 생각했다. 그는 1970년에서 멈췄다.

우리는 전태일의 일을 보고 깨달아야 한다. 무릇 기술자도 공부를 하면 대접받지만 공부를 하지 아니하면 전태일처럼 되고 마는 것이다.

1970년 11월 19일 한국의 한 언론은 한국 대표단의 기능올림픽 2위라는 쾌거를 두고, 평화시장 재단사 전태일의 분신 소식을 함께 전한다. 그러나 기능올림픽은 철저히 공립 공업학교를 중심으로 이루어진 것이었다. 전태일이 설령 거기에 뜻이 있었다고 해도 참여조차 할 수 없었을 것이다. 책 속의 전태일 사진을 보던 그의 팔이 떨려왔다. 생각해보면 어머니는 아버지에 대해 구체적으로 말한 적이 없었다.

'엄마, 그럼 아빠도 음대생이었어?'

추는 종종 어머니를 놀리고 싶어서 아버지와의 연애담에 대해 꼬치꼬치 묻곤 했었다.

'그냥 요정이었어.'

아버지의 전공이 뭐였냐고 물어보면 어머니는 윤이상 이야기를 늘어놓다가 저렇게 딴소리를 했다. 평소에 텔레비전에서 한국의 아이돌들을 볼 때마다 요정, 이라고 말하던 어머니였다. 그러니 그땐 어이없이 웃고 말았다. 그런데 딱 한 번, 그런 말을 한 적이 있었다.

'나는 네가 대학에 가지 않아도 상관없어.'

추는 재수중이었으므로 그것이 격려라 생각했다. 엄마도 대학 다닐 때 아빠 만났다며, 하고는 그가 불필요한 격려라는 표정을 짓자 어머니는 더이상 말하지 않았다. 다만 눈시울이 조금 붉어졌을 뿐이었다. 아주 짧은 순간이었고 이후 어머니와는 대학에 대해 그런 대화를 주고받은 적이 없어서 기억 저편으로 흘러간 일이 되었다. 거기까지 생각한 추가 책을 내려놓고 다시 어머니의 방을 향해 돌아섰다. 이제 머릿속에서는 어머니와 나눴던 대화들이 끝없이 맴돌았다. 그 당시 자신을 어리둥절하게 만들었던 말들이 떠올랐다 사라졌다.

가령 이런 것. 그때 어머니가 들려준 이야기 속에서 아버지의 손에 있던 무수한 상처들은? 물론 물어본 적은 있다. 대답을 듣지 못했지만 말이다. 어머니의 엉뚱한 연기는 내내 완벽했다. 추는 이제 재채기를 하지 않는데도 눈물이 나올 것 같았다.

어머니의 방으로 돌아가 다급한 손길로 신문들을 뒤지던 추는 어느 기사 앞에서 멈췄다. 그는 가슴을 치며 울부짖는 사람들의 마음을 충분히 이해할 수 있을 것 같았다. 처음엔 기사의 날짜를 확인하고는 자신과 상관없다는 생각에 그대로 내려놓으려 했다. 추가 태어나기 전인 1983년이었다. 그러던 찰나, 그의 눈에 한국어로 된 네 글자가 들어왔다.

대성물산.

추는 입술을 깨물었다. 고개를 젖혀 천장을 바라보았다. 시간이 필요하다고 생각했다. 이런 것은 정말 반칙 아닌가, 어머니가 돌아가신 지 얼마나 되었다고. 추에게도 그간 지켜온 역할이 있었다. 작은 것에 감사하고 매사에 항상 긍정적인 사람이라는 배역을 계속 잘해내고 싶었다. 그것은 그의 삶을 이끌어온 동력이기도 했다. 그런데 이렇게 많은 것을 한번에 알려주다니. 왠지 누군가가 이제 좀 귀찮으니 비밀 다 가져가라, 하는 것 같았다. 심호흡을 하며 지금껏 자신이 맡아왔던 역할을 떠올렸다. 슬프지만 그 사실들을 기꺼이 받아들여야 했다. 그는 사진에 얼굴을 가까이 가져갔다. 경찰들에게 험하게 끌려가는 한 남자의 입과 귀에서 피가 쏟아지고 있었다. 그가 입은 낡은 옷에 그 네 글자가 새겨져 있었다.

사진 속 남자의 얼굴은 흘러내린 피로 범벅이 되어 알아보기가 힘들었다. 추는 사진에 눈물이 떨어질까봐 계속 고개를 저어야 했다. 눈물로 흐려진 시야 속에서 추는 남자의 축 늘어진 양손을 보았다. 사진을 들고 있는 자신의 양손과 그의 양손을 번갈아 아주 오랫동안 보았다.

'엄마 이거 끈다.'

어머니가 한국 드라마를 볼 때면 마지막 십오 분쯤을 남겨두고부터 거의 반수면 상태였다. 잠든 걸 확인하고 추가 리모컨으로 텔레비전을 끄면 어머니는 갑자기 번쩍 눈을 뜨고는 아니야, 나 다 보고 있어 하며 자세를 고쳐 잡았다. 몇 번이나 이 문제로 실랑이를 벌여봤던 추가 순순히 텔레비전을 켜두고 방으로 들어가면 어머니는 곧 다시 잠에 빠졌다.

'엄마, 텔레비전 그대로 둘 테니까 들어가서 자.'

추가 그렇게 말하고 나면 그제야 어머니는 방으로 들

어가 잠을 청했다. 마치 한국어가 흘러나오는 걸 들어야만 안심하고 잠들 수 있는 사람 같았다.

추는 어머니가 한국 드라마를 틀어두는 일에 왜 그렇게 매달렸는지, 케이팝이 흘러나오는 한인타운에 가는 걸 어째서 좋아했는지 뒤늦게 깨달았다. 추는 아버지의 얼굴을 궁금해하는 대신, 틈틈이 자신의 손을 내려다보며 그의 손을 상상해보았다. 주먹을 쥐었다 폈다 하거나 손등과 손바닥을 번갈아 바라보며, 추는 손에는 표정이 없으므로 쉽게 슬퍼지거나 그리워지는 감정이 들지 않아 다행이라고 생각했다.

그날 이후 반년 가까이 김추는 시위 현장 속 남자, 그러니까 원래 노동자였던 아버지가 왜 대학 내 시위 현장의 단상 위에 올라 있었는지 줄곧 생각해왔다.

학회장 2
어디선가 본 듯한 얼굴

추는 '줄리아나 도쿄'와 '시위대'라고 썼다가 시위대에 동그라미를 힘주어 그렸다. 클럽의 단상이 아닌 줄리아나 도쿄의 단상이라고 한 것처럼 시위대도 좀더 구체화해야 했다. 추는 표면적으로 줄리아나 도쿄와 가장 멀어 보이는 대학가의 시위를 찾았다. 바로 남성 엘리트 동맹의 자기반성으로 시작된 전공투였다. 그러니까 전공투의 남성 엘리트들과 나이트클럽의 여성 노동자들을 연구 대상으로 나란히 세워둔 것이었다.

이것이 망상일지도 모른다고 그 또한 생각했다. 이 논문에 쏟아질 비난을 짐작했고 어떤 비판들은 충분히 이해할 수 있을 것이라 여겼다. 평소의 추라면 아마 이 논문을 시작하지 않았을지도 모른다. 그는 자신이 연구자로서 예민한 시기를 통과하고 있다는 걸 잘 알았다. 전임 자리를 받느냐 받지 못하느냐 그런 것까지 고려해야 하는 시기라는 걸 말이다. 하지만 그 비난에 내포된 다분히 위계적 시선이 오히려 마음을 다잡게 했다.

'아니, 어떻게 전공투와 나이트클럽을 비교해?'

사람들이 입속에서 꺼내지 않는 말을 추는 알고 있었다.

그리고 무엇보다 추는 자기 자신의 이야기를 하고 싶었다. 엉뚱한 사람이라는 배역을 충실히 연기했던 어머니와 죽어서까지 대학생이라는 역할로 남아야 했던 아버지. 그리고 언제나 긍정적인 역할을 맡았던 자신. 물론 연기란 삶을 계속해나갈 수 있게 해준 방법이었기에 잘못되었다고만 볼 수 없었다. 하지만 세 사람은 자기 자신으로서 온전히 살아보지 못했다. 그러므로 그 논문은 자신에게, 그리고 어머니와 아버지에게 만들어주는 '단상'이기도 했다. 단 한 번이라도 그 위에 서서 진짜 하고 싶었던 이야기를 자신의 방식대로 해보고 싶었다.

'셀럽은 못 돼도, 주인공은 되어보자.'

추는 중얼거리며 어머니와 아버지, 그리고 자신을 단상 위에 세워보았다.

＊

　발표를 마친 추는 다시 한번 자신의 손을 내려다보았
다. 이제 질문을 받을 차례였다. 이즈음 그는 질문을 해주
는 사람들에게 순수한 고마움을 느꼈다. 이전에는 자신의
의견과 다를 경우 공격으로 받아들이기도 했다. 이제는
달랐다. 좋은 질문, 아니 질문 자체가 귀하다는 걸 연구를
해나갈수록 느끼고 있었다. 매번 어떤 기대감을 가지고
논문을 준비하지만 제대로 이해하기는커녕 열심히 듣는
경우조차 흔치 않았다. 이래서 선배들이 연구자에게 가장
중요한 건 무관심을 견디는 인내라고 한 건가. 그는 특히
나 오늘은 더욱 초조하다고 생각하며 입술을 한번 깨물
듯 말았다.

　첫번째 질문은, 이 연구의 동기를 묻는 것이었다. 그것
은 맨 앞장을 살펴보시면 됩니다, 하고 비꼬고 싶었지만
긴 시간 맡아온 역할이 쉽게 바뀔 순 없었다. 게다가 연구
소 사수와 친분이 있는 연구자였다. 그는 부드럽게 웃으
며 발표문의 앞장을 또박또박 다시 한번 읽어주었다. 그
러자 질문을 한 사람이 고개를 끄덕이는 게 보였다. 그 질
문은 사실 그에게 이런 식으로 번역되었다.

　'이게 논문이냐, 소설이지.'

연구 대상을 제대로 설정하지 못할 정도로 기본이 되어 있지 않다는 공격이기도 했다. 하지만, 그는 그 말의 뼈를 알아듣지 못한 것처럼 감사의 인사까지 덧붙였다.

다음 질문까지는 또 짧지 않은 시간을 기다려야 했다. 추는 그사이, 전에 없던 약간의 자괴감을 느꼈다. 공격받는 게 당연한 사람은 없었다.

'언제부터 명백한 공격에도 모욕감이란 전혀 모르는 사람처럼 굴게 되었지.'

그런 생각을 하고 있는 사이 또다른 사람이 손을 들었다. 이번엔 논의에 공감한다는 내용이었다. 추는 반가움에 얼굴이 밝아졌고 테이블 쪽으로 의자를 끌어당겨 앉았다. 그 질문자는 추의 논의가 시의적절하고 주제 또한 적합하다는 생각이 든다며 한참 동안이나 이야기했다. 마침내 그가 긴 이야기를 마치고 자리에 앉았을 때에는 결국 어디가 좋다는 것인지 끝까지 알 수 없었다.

꼭 좋은 말을 듣고 싶은 건 아니었다. 다만 문제의식을 함께 나누고 질문을 주고받는 그런 사람이 있으면 좋겠다고 생각했었다. 추는 짧게 한숨을 내쉰 뒤 학회장을 바라보았다. 삼삼오오 자기들끼리 모여 앉은 사람들이 눈에 들어왔다. 비슷한 연배의 연구자들은 언제라도 서로 좋은 말을 주고받을 준비가, 발표자보다 나이가 많은 연구자들은 지금 당장이라도 꾸짖을 준비가 되어 있는 것처럼 보였다. 발표자보다 어리거나 연차가 낮은 연구자들은, 뭐 그들은 오늘도 밖에서 무급 노동중이었다. 추는 새삼스러울 것 없는 풍경을 바라보며 애써 마음을 다독였다.

그다음 질문 역시 연구 대상 설정에 대한 것이었다. 하지만 이전의 질문자와는 달리 꽤 솔직하고 구체적이었다. 질문자는 정체성의 표현이라는 점 외에 두 단상을 비교할 수 있는 조건에 대해 물었다. 그것은 김추가 논문을 준비하는 틈틈이 자신에게 물어왔던 것이기도 했으므로 어렵지 않게 답할 수 있었다.

"외부적 힘에 대한 대응으로 설명할 수 있겠습니다. 검열 말입니다."

클럽은 많았지만 유독 줄리아나 도쿄에 많은 여성들이 열광한 까닭은 바로 단상에 있었다. 그 단상은 돈을 더 내는 사람들에게만 주어졌다. 버블이 붕괴되기는 했으나 여전히 그 여파가 힘을 발휘하던 시기였다. 낙천적이고 낙관적인 전망 속에서 사람들은 돈을 아낄 필요가 전혀 없었다. 하물며 올라가면 모두가 고개를 젖히고 우러러보는 단상임에야. 돈을 쓰지 않을 이유가 없었다. 거기에 올랐던 여성들은 일생에 한 번은 모두의 앞에서 주인공이 되는 셈이었다. 만약 그 단상에 오를 수 없게 된다면 줄리아나 도쿄만의 매력은 사라진다. 그래서 줄리아나 도쿄는 사라졌다.

그것은 바로 외부의 힘, 검열에 대한 의식 때문이었다. 단상 위에 오른 여성들의 치마 속을 촬영해대는 남성들이 생겨났기 때문이다. 춤을 추러 오는 대신 아예 여성들을 불순한 목적으로 관찰하러 오는 남성들로 인해 경찰의 단속이 시작되었다. 그러나 단속의 대상은 그런 남성이 아니라 여성의 옷차림이었다. 치마의 길이나 스타일에 제재가 가해지자 점차 클럽을 찾는 여성들의 수는 줄어들었고 문을 닫을 수밖에 없었다.

단순 비교야 물론 어렵겠지만, 추는 전공투가 테러리즘으로 변질되어버린 이유를 이와 비슷한 맥락에서 살펴볼 수 있으리라 생각했다. 전공투는 대학이라는 제도 속에 위치한 자신들의 처지와 자격을 끊임없이 의식해왔다. 이러한 자기검열을 통해 스스로의 위치를 사법권 밖으로 옮겨놓음으로써 극복하고자 했으나, 이는 결과적으로 다른 가능성을 인정하지 않는 과격하고 폭력적인 경향을 강화했을 따름이다.

경찰의 검열로 줄리아나 도쿄의 단상은 그 환상적 성격을 잃어버린다. 작업복을 벗고 과감한 무대 의상을 입음으로써 전혀 다른 정체성을 드러낼 수 있었던 여성들은 복장 단속과 함께 다시 현실을 의식할 수밖에 없었을 것이다. 이는 스스로에 대한 검열로 이어졌으리라. 전공투의 검열은 얼핏 자기반성처럼 보이기도 한다. 하지만 김추는 그 정체성을 닫아두고 무리하게 외부로 옮겨놓으려고 했다는 점이 기만적이라고 생각했다. 남성 엘리트의 자기반성의 한계는 아닐까. 김추는 두 공간의 좌절이 그런 외부적 힘에 대한 대응에서 온다고 생각했다.

길어지는 추의 답변을 넘겨들으며, 사회자가 손목의 시계를 보는 제스처를 조금 과장되게 취하고 있었다. 추가 이야기를 마치고 생수를 한 모금 마시자 사회자는 안도하는 표정이 되어 의례적인 질문을 던졌다.

"김추 선생님의 발표에 질문하실 분 더 없으신가요?"

잠시 침묵이 내려앉았다.

"더 질문이 없으시면 다음 발표 순서로 넘어가겠습니다."

자리를 정리하는 추에게서 아쉬운 기색이 묻어났다. 그는 힐끗 곁눈으로 창밖을 바라봤다. 여전히 폭설이 내리고 있었다. 쉬는 시간에 사람들이 모여 눈이 언제 그치려나 걱정하던 이야기를 들었다. 추는 눈 핑계라도 대야겠다 생각하며 일어섰다.

"아, 저기 손 드신 분이 계시네요."

추는 사회자의 손끝을 따라 맨 끝으로 시선을 옮겼다. 아는 연구자가 아니었다. 낯익은 인상이기는 했으나 곧장 떠오르는 사람이 없었다. 질문자는 어느새 넘겨받은 마이크를 한 손으로 꼭 쥐고 있었다. 다른 손으로는 밑줄이 잔뜩 그어지고 메모가 빼곡하게 적힌 자료집을 한 장씩 넘기고 있었다. 질문자의 얼굴과 테이블 위의 자료집을 번갈아 보던 추는 그대로 다시 자리에 앉았다. 그 사람이 막 입을 열려 했을 때였다.

"우선 어느 학교이신지, 소속과 이름을 말씀해주세요."

잠시간 정적이 흘렀다. 사회자의 말에 잊고 있던 장면 하나가 추에게 떠올랐다. 그가 아직 학부생이던 때였다. 그는 졸업 후 곧장 대학원에 갈 생각이었기 때문에 석사 수업들을 청강하러 다녔고 청강생임에도 나서서 리포트를 제출해 피드백을 받았다. 언젠가 청소를 하다가 그 리포트들을 발견했는데, 뻔뻔한 소리를 잘도 해댔구나 싶을 정도로 쑥스러웠지만 그 어느 때보다 진지했다는 생각이 들었다. 그때는 기회만 되면 학회 발표까지 들으러 갔으니까. 그렇게 찾아간 학회에서 다짜고짜 발표자에게 질문을 한 적이 있었다. 나름 날카로운 질문이라 생각하며 흐뭇하게 답을 기다렸는데 돌아온 말은 이랬다.

'그래서 자네, 어디 학교 누구 제자인가?'

질문자의 말을 기다린 지 오래되었다고 느끼며 고개를 들었을 때였다. 추는 갑자기 어수선해진 학회장을 두리번거렸다. 학교와 소속을 밝혀달란 사회자의 말에 질문자는 말없이 정면을 응시하고 있었다. 추가 손으로 입을 가리고 사회자만 볼 수 있게 일단 질문부터 듣죠, 하고 말할 때였다.

"제 이름은 한주입니다."

사람들은 다시 자세를 고쳐 잡고 발표문에 집중하는 것처럼 보였다. 하지만 추는 그들의 표정에서 당황과 호기심, 그리고 경계심 모두를 읽을 수 있었다. 추는 사람들의 반응에는 별 관심이 없었다. 다만 누구든 폐쇄성을 단박에 눈치챌 수 있는 이런 자리에서 아무런 변명 없이 자신의 이름만을 밝히는 저 사람은 그 자체로 단단하다는 생각이 들었다.

"네, 그러시군요, 그럼 선생님 소속이 어떻게⋯⋯?"

이쯤에서는 추도 확실히 질린다고 생각했다. 추가 다시 손으로 입을 가렸다. 그냥 질문으로 넘어가죠. 추의 말에 사회자가 난감한 표정을 지으며 갈팡질팡하고 있을 때였다.

"저는 한주입니다. 소속은, 소속은 없어요."

모두들 소리 없이 웅성거렸다. 추는 손을 내리고 질문

자를 바라보았다. 그녀의 무릎 위에 놓인 손이 옷자락을 움켜쥐고 있었다. 그녀는 결심한 듯 다시 한번 말했다.

"저는 그저 한주입니다."

그 순간 추는 한주라는 이름의 그녀가 단상 위에 올라서 있는 것 같다고 생각했다.

의외의 메일

추는 알림 소리에 발신인의 이름부터 확인했다. 한주.

낯선 한국인의 이름이라고 생각했다가, 이내 자리에서 벌떡 일어났다. 어렴풋이 떠오른 얼굴이 있었기 때문이다. 그는 메일을 곧장 열어보았다.

메일의 서두는 부담스럽지 않을 정도의 감사 인사로 채워져 있었다. 학회 당일 자신의 서툰 질문에도 친절하게 답변해주어서 감사하다는 내용이었다. 그래서 메일까지 쓰게 되었다고 말이다. 그 끝에 하나의 접속어가 등장했다.

하지만.

추는 글을 읽다가 '하지만'이라는 접속어가 나오면 어

깨를 한번 죽 펴게 되었다. 어떤 긴장감 때문이기도 했고 이어질 내용에 대한 호기심 때문이기도 했다.

하지만 여전히 줄리아나 도쿄의 폐업에 대한 선생님의 의견에는 의아한 감이 있습니다. 선생님께서는 버블경제가 붕괴된 이후의 여파를 폐업의 핵심적인 원인으로 짚으셨습니다. 거품이 꺼져 내리자 여성들이 사라져버렸다고 하셨지요, 마치 인어공주처럼요. 그리고 남성들의 촬영과 경찰의 규제 때문에 여성들이 차차 발길을 끊었을 것이라고도 덧붙여주셨습니다. 돌아와서도 계속 고민해보았으나 아무래도 선생님께서 놓치신 부분이 있는 것 같았습니다. 또한 핵심과 부차를 그토록 수월하게 나눌 수 없다고도 생각했고요.
우선 버블의 붕괴는 이 클럽뿐 아니라 90년대 초반의 많은 것들을 사라지게 만들었습니다. 그렇다면 좀더 구체적인 연결고리가 필요하지 않을까요? 저는 위치적 특이성에 주목해야 한다고 생각합니다. 줄리아나 도쿄는 시부야나 신주쿠와 같은 번화가에서 한참 떨어진 공업지대 근처에 있었습니다. 비약일 수 있겠으나 저는 이런 상상을 해보았습니다. 줄리아나 도쿄를 찾았던 여성들 중에 인근 공장에서 일하던 노동자들이 상당수 포함되어 있지 않았을까. 그녀들은 약속한 요일이 되면 퇴근 후 동료들과 함께 자유로운 기분이 되어 클럽으로 향하지 않았을까, 하고요.

버블경제의 붕괴는 먼저 이 공장들에 직접적인 타격을 주었을 것입니다. 그리고 공장들은 대량 해고와 임금 삭감 등을 통해 이 위기에서 벗어나려고 했겠지요. 이 때문에 여성 노동자들은 더이상 줄리아나 도쿄를 찾을 수 없었던 게 아닐까요? 경제적인 요인을 클럽의 폐업과 관련지으려면 이러한 지점들이 세심하게 고려되어야 한다고 생각합니다.

물론 선생님께서 검열을 통한 폐업의 의미를 말씀해주실 때에는 저 역시 동의할 수밖에 없었습니다. 경찰들의 규제가 여성들의 자기검열을 불러왔고 그것이 단상이 가진 환상적 속성을 깨뜨렸다는 분석 말입니다. 그렇기에 저는 남성의 시선이 줄리아나 도쿄 폐업의 진정한 원인이라고 생각합니다. 그때까지 단상은 주로 공적인 발언을 하는 공간으로 여겨졌지요. 비교 대상으로 설정하신 전공투의 단상이 이를 정확히 보여주고 있고요. 그처럼 단상은 명백히 남성들만의 자리였습니다. 하지만 줄리아나 도쿄의 단상은 누가 뭐래도 여성들의 것이었지요. 여기서 제가 또다시 비약하고 있는

지도 모르겠습니다, 결국 남성들로 인해 여성들의 공간이 침해당했고 사라져버렸다는 생각 말입니다.

추는 메일을 여러 번 읽었다. 그때마다 한주라는 이름도 다시 보았다. 눈을 감자 어제 풍경이 그대로 펼쳐졌다. 질문을 하기 위해 일어난 한주를 보며 그는 설명할 수 없는 쾌감을 느꼈었다. 그 이유를 오늘 받은 메일로부터 분명히 깨달을 수 있었다. 긴 시간 공들여 준비해온 논문이었다. 그는 조금 감상적인 기분이 되어, 어쩌면 그것이 어린 시절부터 품어온 의문에서 시작된 것일지도 모른다고 생각했다. 그런데 처음으로 질문을 받고, 비판을 받고, 이해를 받고 있다고 느꼈다. 연구자로 살아오며 늘 바라왔던 바로 그런 대화였다.

기분 좋은 피로감을 느끼며 추는 자리에서 일어나 기지개를 켰다. 어디선가 눈이 녹고 있는지 물이 똑똑 떨어지는 소리가 들려왔다. 그 소리에 뒤를 돌아보자 창밖으로는 눈이 점점 잦아들고 있었다. 어제까지의 새하얀 폭설이 모두 꿈만 같았다. 아마 수일 내로 눈은 완전히 그칠 것이다.

'도쿄에서 또 그런 눈을 만날 수 있으려나.'

추는 다시 자리로 돌아와 그녀에게 보낼 답장을 생각

했다. 한주라는 이를 알게 되어 분명해진 것이 하나 있었다. 자신을 온전히 내보일 수 있다면, 바로 발 디딘 그곳이 단상이라는 것. 첫인사는 눈에 대한 이야기로 시작해도 좋겠지. 그는 빠르게 메일을 써나갔다.

며칠 동안 도쿄에 눈이 많이 왔네요. 아시다시피 저는 그중 하루 줄리아나 도쿄에 대한 글을 발표했습니다. 눈이 너무 많이 와서 사람이 오지 않으면 어쩌나 마음을 졸이기도 했습니다. 그만큼 제게 이 글은 소중했습니다.

추는 거기까지 쓰고는 생각에 잠겼다. 정말 처음엔 눈 때문에 걱정했고 또 그저 그런 질문들이 서운하기도 했었다. 하지만 그 순간이 유독 기억에 남았던 건 눈 때문이기도 했고,

무엇보다 도쿄에서 그런 눈을 보게 되어 낯설었지만 신기하고 행복한 시간이었습니다.

추는 손을 멈추고 다시 한주의 이름을 보았다.

그날 저는 아무래도 단상 위에 서 있는 사람을 본 것 같다는 생각을 하게 되었습니다.

5

❄

한주와 유키노의 이야기

고백
___

학회에 다녀온 다음날, 한주는 오타루로 향했다. 유키노의 어머니를 찾아갔던 날로부터 어느덧 일 년 가까이 지나 있었다. 그날처럼 오타루에는 눈이 쉬지 않고 내리고 있었다. 한주는 유키노가 부산에 있다는 사실을 전해야겠다고 생각했다. 절차를 생각하면 한주보다 먼저 들었을 수도 있겠지만, 어쩌면 유키노의 의사에 따라 전혀 모르고 있을 가능성도 있었다. 여러 생각이 들었지만 어쨌거나 어머니도 유키노가 처한 상황을 알아야 한다는 결론을 내렸다.

한주는 유키노의 빈자리를 지키며 자신에게 단단한 면도 있었다는 걸 깨닫는 중이었다. 하지만 준비했던 말들은 입속에서만 맴돌 뿐이었다. 다시 만난 유키노의 어머니는 마치 자주 마주치는 이웃에게 하듯 따뜻한 차를 내주고, 유키노의 방으로 안내해 벽에 붙은 사진들을 천천히 들여다보게 해주었다.

그녀는 아무것도 물어보지 않았다. 지난번처럼 자신의 이야기를 들려주지도 않았다. 그녀의 얼굴에 드리워진 그늘이 더 짙어진 것을 제외한다면, 믿을 수 없을 만큼 차분하고 평화로운 시간이었다. 한주는 어째서인지 그녀가 이미 유키노의 소식을 알고 있다는 느낌을 받았다. 차를 천천히 모두 마셨고, 다시 한번 유키노의 사진들을 둘러봤다. 이전처럼 눈물이 흐르지는 않았다.

유키노의 어머니와 오타루역 앞에서 작별 인사를 나누기 위해 멈춰 섰을 때였다. 그녀는 한주의 손에 가만히 종이가방을 들려주었다. 안에는 소금사탕이 들어 있었다. 한주는 그것을 묵묵히 들여다보았다. 울지 않으리라 생각했는데 눈물이 날 것 같았다.

"오타루는 모래로 만든 땅입니다. 오래전 캐나다인이 바다를 막고 모래를 쌓아 만들었다고 합니다."

한주도 그 이야기를 알고 있었다. 5월의 오타루, 돈이 부족해 어느 가게에도 들어가지 못했던 한주는 관광객들 곁에 서서 가이드가 해주던 이야기를 엿들었다. 바로 증기시계 앞이었다. 그 시계는 백 년 전에 만들어졌다고 했다. 한 시간에 한 번씩 증기로 시간을 알려주는 그 시계는, 바다 위에 모래를 쌓아 오타루를 만들었던 그 캐나다인이 남겨놓은 것이라고 했다.

"눈의 요정이 아니라 모래의 요정이 사는 곳일지도 모르겠습니다."

한주는 그녀의 말을 들으며 그때 가이드가 해주었던 이야기의 결말을 떠올렸다. 그 캐나다인은 어느 날 갑자기 증발하듯 사라졌다. 그가 공들여 만든 아름다운 오타루를 왜 떠나야만 했는지 그 누구도 모른다고 했다. 한주는 그녀 또한 가이드로 일했다는 걸 알고 있었다. 그러니 이 결말을 잘 알고 있을 터였다.

"그럼 사라지지 않겠네요, 유키노는요."

한주는 애써 웃어 보이려 했으나 어쩔 수 없이 고개를 떨구고 말았다. 겨우 울음을 삼키고 고개를 들었을 때 한주는 유키노의 어머니가 눈물을 흘리는 것을 보았다. 그제야 볼 수 있었다. 그녀의 진짜 얼굴을, 바로 유키노가 말한 그 사진 속의 얼굴 말이다. 바닥으로 떨어진 눈물 위로 다시 눈이 쌓이고 있었다.

　　　　　　　　　✳

　처음으로 유키노를 위해 무언가를 만들어준 날이 있었
다. 그때까지 요리는 원래 유키노의 몫이었다. 한주는 장
을 잔뜩 봐서 들어왔다.

　"한국에서도 김밥은 사서 먹어. 복잡하거든."

　한주는 그날 한국식 김밥을 말았다. 재료를 준비하는
데만 꽤 시간이 걸렸다. 밥은 한 김 식혀둔 후 소금과 참
기름을 섞어 간을 해두고, 당근과 시금치, 계란과 햄 등의
속재료는 손질을 하여 하나씩 데치거나 볶아두었다. 그렇
게 복잡하고 다양한데 한 장의 김에 말아버리면 그냥 다
같은 김밥 한 줄이었다.

　한주는 유키노를 식탁에 앉혀두고 김밥을 말면서 어린
시절 이야기를 들려주었다. 어머니가 다니던 회사는 오
전 여덟시 출근에 주육일제였는데, 한주의 소풍날이면 새
벽부터 일어나 김밥을 말아주었다. 그 뒤통수엔 헤어롤이
매달려 있었다. 어머니의 김밥은 뭔가 하나씩 빼먹은 듯
맛이 별로 없었다. 그래도 한주는 수북이 쌓여 있는 김밥
들 가운데 끄트머리를 골라 먹었다. 소풍을 가면 아이들
에게도 인기가 없었지만 한주는 남기는 법이 없었다. 어
머니는 한주가 자신이 만든 김밥을 제일 좋아한다고 생

각했다. 정작 한주는 소풍이 없어져서 어머니가 그 고생을 안 하길 바랄 뿐이었다.

한주의 김밥은 번번이 옆구리가 터졌다. 그걸 보던 유키노는 썰기도 전에 그냥 한 줄을 들고 먹기 시작했다. 한주는 신중하게 칼끝을 한번 보고 다시 김밥을 썰어나갔다.

"나 너를 속인 것이 있어."

유키노는 한주를 빤히 바라봤다.

"샤워기 호스로 목을 감은 건 나야."

한주는 유키노를 보지도 않고 계속 김밥을 만들었다. 새로운 김밥을 말려는지 발 위에 다시 김을 한 장 펴고 있었다. 처음보다 훨씬 능숙해 보였다.

"두 가지 마음이 들었어."

유키노는 한입 더 크게 김밥을 베어물었다. 김밥은 생각보다 맛있었다. 식당에서 파는 김밥하고 맛이 미묘하게 달랐다.

"내가 죽어서라도, 그 사람이 내게 미안함을 느낀다면."

유키노는 다시 한번 김밥을 베어물었다. 아직 입속에 채 씹어 넘기지 못한 김밥이 남아 있었지만 그렇게 할 수밖에 없었다.

"또 하나의 마음에선,"

양볼이 불룩해진 유키노의 눈에서 눈물이 뚝뚝 떨어

졌다.

"내가 죽어서라도, 그 사람의 인생이 산산조각나길."

한주가 김밥을 한 줄 완성시켰다. 이번엔 옆구리가 성한 김밥이었다.

"물론 나는 살아서 이렇게 너에게 김밥을 싸주고 있지."

한주는 김밥을 썰었고, 맨 끄트머리를 하나 집어서 유키노의 앞접시 위에 올려주었다.

"이게 한국에서는 제일 맛있는 부분이라고. 그러니 유키노 네 거."

그러고는 반대편 끄트머리를 집어 자기 입속으로 쏙 넣었다.

"요거는 내 거."

유키노는 여전히 입에 든 김밥을 넘기지 않은 채 한주가 올려준 끄트머리를 먹었다.

"한주 너는,"

입안에 가득 든 김밥을 꿀꺽 삼키고 눈물을 닦아내면서 유키노가 말했다.

"한주 너는 나의,"

한주가 가만히 유키노를 보았다. 그러면서 유키노 앞으로 물을 한 컵 따라주었다.

"……김밥이야."

물을 따라 마시던 한주가 물을 뱉을 기세로 웃음을 터뜨렸다.

"내가 네 밥이라고?"

하지만 유키노는 웃지 않았다. 진지한 표정으로 다시 말했다.

"내 끄트머리야."

그날

길을 잃어버렸다. 유키노는 어쩔 수 없이 그 사실을 받아들였다. 한동안 내리던 눈이 그친 터라 집밖으로 나가보자고 마음먹었다. 가장 가까운 주공아파트단지로 가는 길, 구글맵의 예상 소요시간은 약 사십 분이었다. 한수에게 들키지 않고 금세 다녀올 수 있을 것 같았다. 설레는 마음으로 옷장에 넣어둔 가방을 처음으로 꺼냈다. 이리저리 괜히 거실을 둘러보다가 생각난 듯 다시 방으로 가 다자이 오사무의 『사양』을 챙겨넣고 집을 나섰다. 하지만 현관문을 열고 보도에 발을 디뎠을 때 한동안 집에만 있었다는 사실을 실감했다. 다리에 힘을 주고 걷는 일이 어색하게 느껴졌다. 게다가 이곳은 부산이었다.

―여기가 어딘지 모르겠어.

한동안 헤매다가 항구 근처에 다다랐다. 한수에게 문자메시지를 보내야 했다. 데리러 오면, 잠깐 바람을 쐬러 나왔다가 길을 잃어버렸다고 해야지, 초조한 마음으로 중얼거렸다. 그러면서도 계속 걸었다. 미타역과 비슷한가, 생각한 순간 어머니가 떠올랐다. 부산에 잘 있다고 언젠가 연락할 수 있을까.

다시 눈이 떨어지고 있었다. 눈은 바다에 닿자마자 순식간에 사라졌다. 눈이 녹는 게 한 번도 아쉬운 적이 없는데, 이상하게 그 순간 섭섭한 기분이 들었다. 그날의 눈은 반갑기까지 했다.

'부산은 항구도시라 눈이 귀할 줄 알았는데.'

유키노의 시선은 바다에서 다시 항구 끝으로 향했다. 항구를 따라 호텔들이 줄지어 있었다. 그 이름들을 하나씩 읽어가다 그는 건물이 무너지듯 주저앉았다. 한주를 찾아 인터넷의 수많은 게시물들을 살펴보던 그때, 그 호텔의 이름을 잊지 않고 있었다. 그는 홀린 듯 바로 호텔로 걸어가 방을 잡았다.

객실의 문을 열었을 때였다. 그는 그대로 멈췄다. 오늘은 확실히 이상한 날이구나. 좋아하지도 않던 눈을 보고 반갑다는 생각을 하고, 또 이렇게 한주를 만나고. 유키노는 창가에 서서 눈이 내리는 바다를 바라보는 한주에게 다가갔다. 그녀는 이제까지 본 적 없는 옷을 입고 있었다. 본 적 없는 신발을 신고, 본 적 없는 헤어스타일을 하고 있었다. 그래도 한주였다. 그를 향해 돌아선 한주가 언제나 그랬던 것처럼 다정하게 웃어주었다. 그 얼굴에 생긴 지 얼마 안 된 듯한 멍자국이 보였다. "어디서 넘어지기라도 한 거야?" 발갛게 벗겨진 손끝을 바라봤다. "손끝이 너무 빨갛구나, 너는 또 우산도 없이 이 눈길을 걸어온 거야?" 그 손을 꼭 잡아주고 싶다고 생각했다. 하지만 온몸에서 긴장이 풀리면서 깊은 노곤함에 몸을 가누기가 힘들었다.

"한주야, 나 너무 피곤해. 엄마 말처럼 나는 아르바이트를 너무 많이 하는 걸까. 하지만 여기서는 아무 일도 하지 않았는걸⋯⋯"

유키노는 서서히 한주에게 몸을 기댔다.

"한주야, 유치원에 다닐 때 낮잠을 자는 시간이라는 게 있었어. 나는 자기 싫어서 그림을 그리겠다고 했지. 내가 낮잠을 자버리면 밤에 잘 수 없고, 그러면 어머니의 얼굴이 더욱더 까매지니까. 그때 선생님은 말했어, 낮잠을 자든지 아니면 집에 가야 한다고. 그런데 나는 그게 너무 무서웠다, 선생님의 점잖은 목소리. 자, 착한 유키노가 골라보세요, 하던 목소리. 나는 그게 무서웠다."

한주는 유키노를 부축하듯 기대게 한 다음 천천히 바닥에 함께 앉았다. 눈이 내리는 창가를 등지고 앉으니 방 안은 좀더 어두워졌다.

"나 그때 무작정 선생님 앞에 서서 울기만 했지. 아무것도 고를 수 없는데 뭐든 고르라고 하는 선생님 앞에서. 이제 그건 유키노가 고른 거예요, 하는 선생님 앞에서."

유키노는 눈을 감은 채 고개를 저었다.

"내가 잘못 생각하고 있는 걸까. 한수의 말처럼 혹시 나는 선생님마저도 오해하는 비뚤어진 사람일까."

유키노는 한주에게 부산에 와서 다자이 오사무의 책을 샀다고 말해주고 싶었다. 거기서 너와 닮은 사람을 봤다고, 너와 그 여학생이 유난하거나 예민한 게 아니라고 말이다. 하지만 하지 못했다. 한주가 자신의 등을 쓸어주었기에, 지금 꼭 말하지 않아도 될 것 같았다. 한주라면 언제든 이야기를 들어줄 터였다. 유키노는 서서히 깊은 잠에 빠져들었다.

✳

"또 오해했지? 왜 말도 없이 도망쳐?"

유키노를 데리러 온 한수는 다짜고짜 그의 어깨를 잡고 흔들었다. 얼마나 오래 잠들어 있었던 걸까, 유키노는 어두워져서 더 선명하게 보이는 눈발을 멍하니 바라보았다. 한수는 몹시 억울해 보였다. 그 짧은 질문 속에서 유키노는 한수의 진심을 오해한 나쁜 애인이 되어 있었다. 그는 유키노에게 힘든 식당 일을 시키지 않았고 편하게 집에 머물 수 있게 해주었다. 혹시라도 무슨 문제가 생길까봐 가급적 외출하지 않기를 바랐을 뿐이다. 그런데 유키노는 그런 마음도 모른 채, 아니 철저히 외면한 채 몰래 집을 나와 호텔에 와 있다. 한수는 참지 못하고 유키노를 계속 흔들었다. 속이 텅 빈 물건처럼 흔들리는 그를 보며 한수는 자신은 돈보다 진실한, 진짜가 있는 삶이 더 중요하다는 말을 반복했다. 그리고 또다시 삿포로에서 유키노와 함께 살았기 때문에 하고 싶었던 일을 놓쳤다고 했다.

"그때 나는 정상으로 살 기회마저 놓친 거야. 그런데도 난 너를 포기하지 않았어."

한수가 말하는 정상이라는 단어는 유키노에게 항상 공포스러웠다. 곧 유키노를 때릴 거라는 신호였으니까. 하지만 이전처럼 무조건 잘못했다고 빌지 않았다. 창밖으로 내리는 눈을 응시할 뿐이었다. 한수는 참을 수 없다는 듯 유키노를 밀치고 벽을 한 번 쳤다.

"네가 나에게 칼을 휘둘렀다는 걸 그 여자도 알까?"

유키노는 벽에 등을 붙인 채 서서히 바닥으로 가라앉았다. 벽이 무너져내렸으면 좋겠다고 생각했다. 최대한 빨리 오늘 치를 맞고 끝내고 싶었다.

"너 한주 그년도 속였지? 넌 거짓말이 입에 붙었어."

한수는 유키노의 머리채를 잡아 바닥으로 밀쳤다. 엎어지던 유키노가 별안간 그의 팔을 꽉 움켜잡으며 중얼거렸다.

"한주, 한주."

무언가가 터지듯 그 이름이 쏟아져나왔다. 그 순간 유키노의 눈앞에서 한주가 머리채를 잡히고, 배를 얻어맞고, 다리를 걸어차였다. 어느새 입가에 약한 멍자국을 매단 한주가 달려와 유키노 앞에 무릎을 꿇었다.

"한 번만 살려줘, 제발 나 좀 도와줘."

유키노는 망설이지 않고 한주의 팔을 잡았다. 놓치지 않기 위해 있는 힘껏 쥐었다. 그 사람은 한주를 세워둔 채 달려와서 배를 걸어찼다고 했다. 한주가 숨을 못 쉬고 주저앉으면 물을 먹여 진정시킨 다음 다시 같은 부분을 찼다고 했다. 이유가 뭐였다더라. 그가 지적한 습관을 끝내 고치지 못해서라고 했던가. 한주를 좋아했던 선배와 인사를 나눠서였다고 했던가. 그것도 아니면 뭐였지? 몰래 박사과정 지원서를 쓰고 소중하게 들고 다녀서? 그러나 정확한 이유가 떠오르지 않는 건 당연했다. 폭행에 이유 같은 건 없었으니까.

"이게 미쳤나."

한수는 한주의 이름을 중얼거리며 자신의 팔을 잡는 유키노를 뿌리쳤다. 하지만 유키노는 한수의 팔을 다시 부여잡았다. 눈앞에는 여전히 한주가 있었다. 그 사람이 한주를 욕실로 끌고 간다. 욕조에 물을 받고 정성스럽게 씻긴다. 어차피 얼굴은 거의 때리지 않았으니까, 몸 곳곳을 깨끗하게 씻긴다. 그가 나가자, 한주는 신음소리도 내지 못한 채 몸을 끌듯이 벽을 짚고 일어나다가 그대로 다시 주저앉는다. 숨을 고르던 한주가 시선을 들어 무언가를 오래도록 바라본다. 아니야, 아니야. 유키노는 그 언젠가처럼 중얼거렸다.

"안 돼!"

유키노는 어떻게든 저 샤워기 호스를 끊어내고 싶었다. 주위를 두리번거리던 그의 눈에 탁자 위에 놓인 한수의 가방이 들어왔다. 가방 속에서 무언가 반짝이는 걸 보았기 때문이다.

"왜, 또 나를 찌르려고?"

한수는 기가 막히다는 듯 부러 큰 소리로 웃고는 유키

노의 배를 한번 찼다. 유키노는 그대로 넘어지며 침대 모서리에 얼굴을 부딪혔다. 입안에 느껴지는 뜨거운 액체가 점점 불어난다고 생각했다. 가득 고인 피는 목을 타고 넘어가지 않고 기침과 함께 앞으로 쏟아졌다. 피와 기침이 아니면 그 어떤 소리도 낼 수 없을 것 같았다. 간신히 눈을 뜨자 한수가 희미해지기 시작한다. 유키노는 있는 힘껏 한수의 가방 쪽으로 손을 뻗었다.

✹

유키노는 한주의 목에 감긴 호스를 향해 칼을 휘둘렀다. 분명 그랬는데, 한수가 목을 움켜쥔 채 충격으로 놀란 눈을 홉뜨고 비틀거린다. 유키노의 눈앞에는 여전히 샤워기 호스가 목에 감긴 한주가 있었다. 차라리 샤워기가 연결된 끝을 잘라버리자. 그러나 곧, 유키노는 그 자리에 멈춰 섰다. 기어이 잘라버리려고 했던 샤워기의 끝에는 오타루의 집에서 살려달라고 빌었던 유키노 자신이 있었다.

"거봐, 내 말이 맞잖아."

유키노의 눈앞에 목을 감싸쥔 한수가 보였다. 목을 양손으로 감싸도 흘러나오는 피를 막을 수 없었다.

"너, 나 오해했지?"

그 말을 끝으로 한수는 잠잠해졌다. 이번엔 유키노가 그 질문에 대답하지 않았다.

"어째서, 너만, 한수 너만 그렇게, 질문을 하는 거야?"

확실히 한수는 질문이 익숙한 사람. 그러므로 유키노는 한수가 아무런 대답 없이 누워만 있는 게 이상한 일은 아니라고 생각했다. 어차피 한수는 늘 같은 말밖에 못하니까.

"그건 네 오해야."

유키노는 단호한 표정으로 고개를 저었다. 그러고는 여전히 칼을 쥔 채 아까 한주가 서 있던 창가로 다가갔다. 어느새 눈이 쌓이고 있었다. 역시 오늘만큼은 사라지지 않는 눈이 반갑다고 생각하며, 유키노는 손목에 칼을 가져다 댔다. 그 순간이었다. 창밖에서 들어온 빛이 칼날 위에서 날카롭게 튀었다. 유키노는 강렬한 빛에 눈을 감았다가 창밖을 바라봤다. 어두운 밤길 위로 가로등 빛이 눈과 함께 쏟아지고 있었다. 유키노는 천천히 칼을 내려놓았다.

"나, 배고파."

유키노는 한수가 늘어져 있는 욕조 앞에 주저앉았다.

"세상에, 나 정말 배가 고파."

한주가 싸주었던 김밥이 생각났다. 맨 끄트머리는 가

장 좋아하는 사람에게 주는 거라면서 유키노의 앞접시 위에 놓아두던 한주. 그날 그걸 집어먹으면서 유키노는 실없는 소리를 했었다. 그렇다면 너는 나의 김밥 끄트머리야, 라고. 물을 마시다 그 말에 웃음이 터진 한주의 표정이 떠오른다. 그 안에 유키노는 한주에게 진심으로 하고 싶었던 말을 감춰두었다. 내뱉고 나면 어색해질까봐 참았던 그 말을 이제야 온전히 건넬 수 있을 것 같았다.

"한주, 너는 나의 의지야."

이제 길을 건너서

무수한 눈송이들이 다른 눈 위로 포개어 내려앉았다. 한주는 불이 모두 꺼진 건물을 올려다보았다. 줄리아나 도쿄가 있었던 자리. 이제는 커다란 볼링 모형만이 그 위치를 알리고 있었다. 한주는 자신이 지나온 길을 돌아봤다. 눈 위로 발자국이 선명했다. 한주는 우산을 어깨와 턱 사이에 비스듬히 고정시키고 다른 한 손으로 가방을 열어 종이뭉치를 하나 꺼내들었다.

나의 친구 한주의 생일을 축하해. 눈의 요정이 너를 지켜줄 거야.

유키노가 논문을 읽어주었던 날, 끝내 눈물을 보인 한주에게 그가 말했다.

'난 오타루의 눈이 아름다워 보이지가 않았어.'

유키노는 눈이 더러운 것을 모두 숨겨버리는 듯해 싫다고 했다. 눈이 녹았을 땐 무엇이 남아 있을지, 그것을 보는 게 두려웠다고도 했다.

'내가 그렇게 살았거든, 모두 다 그저 좋은 것처럼. 그냥 그렇게.'

유키노는 손수건을 꺼내 한주에게 쥐여주었다.

'도쿄는 눈이 잘 내리지 않지만, 이렇게 우리가 살아가다보면.'

유키노가 웃으며 말을 이었다.

'적어도 한 번쯤은 또다시,'

한주가 눈물 흘리던 모습을 지켜보던 그의 눈에도 눈물이 고였다.

'우리 같이 눈을 볼 수 있지 않을까?'

한주가 이번엔 항구 쪽을 바라봤다. 줄리아나 도쿄에서 약간만 걸어가면 도쿄만이 나왔다. 저 항구에서 배를 타면, 욕조 안에서 죽은 듯 발견되었다는 부산의 그 호텔에 가닿을 것이다. 그리고 또 어떤 배를 타면 유키노가 그

다지도 가고 싶어했던 오키나와의 고무나무숲에 닿을 것
이다.

'오키나와는 고무나무가 섬 전체를 둘러싸고 있대.'
'섬을 지켜주는 것처럼?'
'응, 뿌리가 얽혀 있어서 태풍으로부터 오키나와를 지
켜주었대. 근사하지?'
'뿌리가 얽혀 있으면,'
'응.'
'이 끝에 있는 나무와 저 끝에 있는 나무가 서로 보지
는 못해도,'
'서로를 지켜주고 있겠지.'
'그렇구나.'
'그렇지.'

뉴스에서는 내일 오전에 눈이 그칠 것이라고 예보했
다. 항구의 따뜻한 바람은 쌓인 눈을 금세 녹이고, 그러면
한주의 발자국도 모두 사라질 것이다. 하지만 한주는 미
소를 지었다. 논문을 다시 가방에 넣었다. 이제 뒤를 돌면
미타역으로 가기 위해 건너야 하는 건널목이 나온다. 그
녀는 예측할 수 없는 방향으로 쏟아지는 눈을 올려보았다.

'이제 건너가볼게.'

건널목으로 향하기 위해 돌아서던 한주는 순간 무언가가 짧게 반짝였다고 생각했다. 그녀는 뒤를 돌아 다시 한 번 줄리아나 도쿄를 보았다. 여전히 아무것도, 아무도 없었다. 오로지 줄리아나 도쿄뿐이었다. 그 건물 입구의 유리문으로 누군가 비치고 있었다. 그녀는 그 유리문을 골똘히 바라보았다. 그곳에는 눈 속에 홀로 서 있는 한주가 있었다. 그녀는 서서히 미소를 지었다.

처음이라고 생각했다. 자신을 향해 웃어준 것 말이다. 이윽고 한주가 건널목을 향해 몸을 돌렸을 때 신호등의 빛이 바뀌고 있었다. 한주는 망설이지 않고 걸음을 내디뎠다.

"나, 이제 할말이 있어."

번외
❅
눈이 내린다

그날 너는 단상 위에 있었다. 구름은 찾을 필요도 없이 맑은 가을날이었다. 바람이 없어서 단풍잎들이 단단해 보이던 날이었다. 나는 사람들의 맨 끝에서 본부 앞 단상 위에 올라선 너를 보고 있었다. 무늬 없는 벽지처럼 파란 하늘엔 막연하게도 비행운이 생겼다. 너는 하던 말을 멈추고 그곳을 가리키며 이렇게 말했다.

"우리가 지금 이곳에서 한 대의 전투기가 날아가는 걸 막는다면 그곳에선 수천의 목숨이 살아난다고 합니다."

너는 1967년 내 나라에서 있었던 이야기를 꺼냈다. 그것은 전공투가 베트남으로 향하기 위해 오키나와 미군기지로 이동하려던 전투기 한 대를 그대로 내려앉게 했던 사건을 말하는 거였다. 나는 너의 말을 토막으로 알아들었다. 내 나라에서 일어났다던 그 일을 나는 네 나라에 와서 너의 언어로 듣고 있었다. 분명 그 사건에 대해 알고 있었을 나의 아버지는 그때까지 내게 그 이야기를 제대로 해준 적이 없다. 단 한 번, 대학 입학시험을 본 직후 내가 그 일에 대해 물었을 때, 아버지는 이런 말을 했을 뿐이다.

'그것은 테러야.'

무엇을, 이라고 묻기도 전에 오빠가 내 어깨를 잡아챈다. 그 얼굴엔 어떤 굴욕과 적대가 뒤섞여 붉어져 있다.

'적어도 그들은 반성이라는 걸 하려고 했어.'

무엇을? 다시 한번 내가 물으려 했을 때 이미 아버지와 오빠는 등을 돌린 채 각자의 방문을 열고 있었다. 차라리 서로를 노려보기라도 했다면 나는 싸움을 말린다는 핑계로 무언가 질문해볼 수 있었을 텐데. 그리고 나는 오늘까지, 그 두 가지의 대답이 가리킨 하나의 물음이 무엇이었는지 까맣게 잊고만 살았다. 나는 다시 네가 가리킨 하늘을 올려다봤다. 이미 흩어진 비행운은 가느다랗게 흔적만 남아 있었다.

다시 내가 단상을 봤을 때, 그곳엔 네가 아닌 다른 사람이 올라와 있었다. 나도 그 노교수를 알고 있었다. 세계적인 피아니스트이기도 했던 그는 나와 전공이 같지 않은 이들도 대부분 그 이름은 들어봤을 정도로 유명한 사람이었다. 단지 유명하기만 하다면 증오심을 느끼는 이들도 적었겠지만 그는 심지어 재능까지 있었다. 물론, 나도 그를 증오했다. 단지 그가 내게 없는 재능을 가져서는 아니었다. 그는 자신이 가진 것들을 정확히 알지 못하는 사람이었고 알려는 마음도 없었다. 그랬기 때문에 그 재능을 마음껏 휘두를 수 있었다. 나는 증오스러웠다, 그런 그가.

그는 단상 위에 올라서자마자 빼앗듯 너에게서 마이크를 받아들고 모여 있는 학생들에게 말했다. 강의실로 돌아가라고, 너희가 머무는 이 교정의 고요함과 아름다움은 모두 지식의 품위에서 나오는 것이지 선동에서 나오는 것이 아니라고 말이다. 나는 그 노교수의 뒤에서 입꼬리를 올리는 너를 다시 찾아냈다. 올라간 네 입꼬리를 따라 나도 슬몃 웃음을 짓는다. 너를 찾아내자 마음속 무언가가 균형을 찾은 듯 평온해졌다. 나는 오늘 기숙사 식당에서 아침을 챙길 때까지 너라는 존재를 알지도 못했다. 수저를 내려놓으며, 카디건을 접으며, 머리를 그러모아 묶으며, 전공책을 챙겨들고, '그래, 나는 아무래도 재능이란 없는 것이지' 생각하며, 그때까지 나는 너를 전혀 알지 못했다.

"대체 대학이란 무엇입니까?"

너는 어느새 그 노교수 앞을 막아서고 마이크를 쥐었다. 너는 그의 눈을 똑바로 보며 묻고 있었다. 노교수는 전혀 놀라지 않았다. 마치 그날의 날씨처럼 평온했다.

"대학이란 저런 걸세."

그는 본부 옆 오래된 은행나무를 가리켰다. 사람들은 예년과 달리 태풍이 없는 가을이라고들 말했다. 태풍은 아직 떠나지 않은 고기압에 밀려 내려가 미군 기지가 있는 그 남쪽 섬으로 향했다고 들었다. 태풍이 가져간 구름과 먼지가 없는 하늘은 말 그대로 눈부시게 아름다웠다.

너는 잠시 하늘과 은행나무를 바라보다 노교수에게 시선을 고정시켰다. 이내 싱긋 웃어 보였다. 그러고는 곧장 구역질하는 시늉을 시작했다. 그 순간이었다. 본부 너머 건물에서 소란이 들렸다. 무언가 무너지는 소리, 누군가를 잡아끌어 당기는 소리, 잡히는 대로 던지고 부수는 소리, 귓가에서 쇠를 가는 듯 무언가 날아드는 소리. 나는 최루탄이 무엇인지 네 나라에 와서 처음 알았다. 최루탄이 터졌을 땐 우선 코와 입을 손으로 가리고 무조건 뛰어야 한다는 것도 그때 알았다. 아무 대책 없이 내가 그 자리에 주저앉을 때였다. 그사이 단상 쪽에서 음악이 흘러나왔다. 새하얀 연기 사이로 단상 위의 네가 음악을 틀고,

누군가에게 의해 끌려 내려가는 것이 보였다. 이건 네가 기획한 것이 분명했다.

이백여 명 남짓한 국비 유학생에 선발되어 한국 땅을 밟게 되었을 때 아버지는 말했다.

'나는 네가 여기서 음악교사가 되길 바랐다.'

오빠는 물을 마시다 물컵을 벽에 던졌다. 흰 벽에 흘러내린 물이 아무 무늬도 되지 못한 채 증발했다.

'아버지나 이렇게 사세요, 나라가 시키는 대로요.'

나는 항상 두 사람 사이에서 서성였다. 어느 쪽으로도 몸을 돌리기가 쉽지 않았다. 음악교사나 자기반성에는 관심이 없었다.

'저는,'

두 사람이 또다시 등을 완전히 보이기 전, 나는 마지막으로 누군가의 이름을 부르는 사람처럼 다급한 목소리를 냈다.

'윤이상 같은 음악가가 되고 싶어요.'

당연히 거짓말이다. 나는 두 사람에게서 합법적으로 도망치고 싶었다. 처음부터 난 음악엔 재능이 없었는지도 모른다. 서서히 흐려지는 시야 속에서 나는 네가 단상 위에서 틀었던 음악이 뭔지 생각했다. 훗날 네가 이 이야기를 꺼냈을 때, 나는 그때 뗄 수 없을 정도로 최루탄 연기를 많이 마셨다는 걸 알게 되었다. 그래도 그 순간의 나는 차라리 음악이나 더 들어보자, 하면서 그 곡에 대해 알고 있는 대로 천천히 발음해보았다. 물론 이것도 거짓말이다. 나는 내가 원하는 대로 말해본 것이니까. 그건 내가 한국으로 온 이유이기도 했다. 나는 다시 네 나라의 언어를 발음해보기로 결심한다.

윤이상.

내가 그 이름을 소리낸 뒤부터 조금씩 몸을 가누기 힘들어졌다는 걸 기억한다. 최루탄 연기는 어느 순간 하얀 가루가 되었다가, 종내는 흰 눈이 쏟아지는 것처럼 보였다. 도쿄는 항구도시라 눈이 잘 내리지 않는다. 눈을 좋아하는 나는 방학이면 항상 홋카이도에 데려다달라고 어머니를 조르곤 했지. 사실은 아버지와 오빠가 늘 서로에게 등을 보이는 그 집에서 멀리 도망치고 싶었을 뿐이었다. 그 눈을 나는 서울에서 본다. 너와 함께 이 눈을 맞이하게 되었다.

나는 행복하다.

❄

"눈을 감아. 그리고 코와 입을 막아, 보면 안 돼, 숨을 쉬면 안 돼, 소리내선 안 돼."

순식간에 대학 본부 앞은 아수라장이 되었다. 눈이 시리다고 생각한 순간이었다. 누군가 불쑥 손수건을 건넨다. 아까까지 나의 통역을 도와주었던 사람이다. 그러면 당신은? 나는 분명 내 입을 가려준 그 손수건을 원래 주인인 그 사람에게 돌려주려고 했다. 하지만 연기는 너무 자욱하고 손수건을 떼면 숨을 쉬는 것조차 버거울 것 같다. 손이 내 말을 들어주질 않는다. 방금 전까지 단상 위에서 청년이 하던 말을 경청하던 학생들이 길목마다 쓰러져 있다. 나는 눈을 질끈 감아본다.

그런데, 대체 나는 어째서 이곳에.

"부산에 책방 거리가 있다던데?"

나는 책이 정말 좋다. 버스 안이나 길에서 읽는 건 말할 필요가 없다. 욕조에 앉아서 책을 읽는 법을 발견했다. 비닐로 책을 감싸면 된다. 별거 아니다. 언젠가 한 소설에서 주인공 중 한 명이 책을 읽으며 샤워하는 장면을 보았다. 이제 밥을 먹으면서 책을 읽는 건 안 한다. 책에 음식이 떨어지기 때문이다. 커피를 마시면서도 안 읽는다. 커피가 떨어지기 때문이다. 그러니 부모님이든 친구든, 결혼을 약속한 내 연인이든 나에게 책을 줄이라고 더이상 말하지 못한다. 사람들과 있을 땐 책을 안 읽기 때문이다.

그럼에도 사람들의 머릿속에서 나라고 하면, 무조건 책이 떠오르는 건 어쩔 수가 없나보다. 부산에 책방 거리가 있다는 건 대학 친구에게서 얻어들은 말이다. 친구는 아버지가 부산이라는 항구도시를 통해 한국에 물건을 판다고 했다. 큐슈 지역과 아주 가깝다고 했다. 그러고보니 큐슈에 가본 적도 없다.

"연세대를 가보고 싶어."

그렇다. 나는 부산이 아닌 연세대학교에 가고 싶었다. 친구는 빤히 나를 바라봤다. 아무래도 이유를 묻는 것이다.

"거기에 일본에는 없는 일본어 번역본들이 조금 있대."

친구는 못 알아듣겠다는 표정이다. 일본어 번역본이 일본이 아닌 한국에 있다니? 그런데 사실이다. 일본에는 없는 외서의 일본어 번역본들이 종종 한국에 있다는 이야기를 들었다. 추측에 불과한 것이긴 하지만, 아무래도 패전 이후 급하게 철수하면서 그렇게 된 것이 아닐까 싶었다. 특정한 작가의 책을 찾는 건 아니지만 오래전 외서들의 번역본을 보는 것만으로도 대단한 경험이 될 것 같았다. 그는 나를 잠시 물끄러미 보더니, 내가 졌다, 하며 양손을 들어 보였다. 그러곤 문득 어린 시절이 떠오른 것처럼 말했다.

"한국에 펜팔로 알게 된 대학생이 있는데, 통역을 부탁해줄까?"

나는 그날 유달리 그 친구에게 친한 척을 한 것 같다. 드디어 한국에 가게 되었다.

"서울역은 정말 도쿄역과 비슷하군요!"

"그렇지요? 그런데 사실 저희 서울역의 모델은 도쿄역이 아니라 스위스의 루체른역이래요."

나는 김한서를 서울역에서 처음 만나 인사를 나누었다. 머리를 단단히 위로 묶고 청바지를 입어 발랄해 보이는 인상이었다. 일본어를 매우 잘해서 불편함이 없었고 책을 많이 읽었는지 시사상식이 뛰어난 사람이었다.

우선 명동의 사보이호텔에 짐을 풀고는 택시를 잡아탔다. 일본에서 거의 타보지 못한 택시를 서울에선 쉽게 타다니, 나는 어쩐지 좀 우쭐한 기분도 들었다. 아직 연세대학교로 가기에는, 여행의 계획대로 본다면 이른 시간이었다. 나는 김한서에게 식사를 대접하겠다고 했다. 김한서가 통역비를 거절했기 때문에 마음에 걸렸던 것이다. 내가 돈을 낸다는 말에 식사 또한 극구 사양하던 김한서는 한국이 처음이라는 말에 그럼 남산 구경도 할 겸 남산에 가서 돈가스를 먹자고 했다. 맑은 가을 하늘에 단풍이 가득한 서울의 남산은 정말이지 아름다웠다. 바람의 세기가 잔잔한 날이었다. 김한서가 내 카메라를 받아들고 사진을 찍어주었다. 함께 기념으로 한 장을 찍었다. 필름도 하나 더 샀다. 필름을 파는 여인이 꾸벅꾸벅 졸다가 반색을 하며 내주었는데 한국인들은 친절하고 잘 웃는구나 싶었다.

남산에서 내려와서는 남대문으로 향했다. 시장인지 사람들도 무척 많았고, 나는 저렴한 가격에 깜짝 놀라 그곳에서 애인에게 줄 선물을 골랐다. 그때까지 사람들은 한국이라고 하면 김한서를 소개시켜준 친구를 제외하고는 모두 뜨악한 반응을 보였다. 돈 많은 늙은 사업가들이 기생을 끼고 놀려고 가는 곳이라느니, 북한하고 붙어 있어 납치 사건에 연루될지 모른다느니 하며 말이다. 하지만 직접 와본 서울은 날씨가 적당하고 사람들이 북적이는 곳일 뿐이었다. 한참 선물에 눈이 팔린 게 머쓱해서 김한서를 돌아보니 그는 웬 백화점 건물을 한참 들여다보고 있었다. 미츠코시인가! 나는 깜짝 놀라 말했다가 이내 잠잠해졌다. 건물 맨 위에 쓰인 세 글자를 읽었다. 新世界. 김한서가 웃어 보인다.

"미츠코시가 모델이래요. 이상이라는 조선 소설가를 아십니까? 설계에 참여했다고 합니다."

물론, 나는 이상을 안다. 친구가 권해준 책을 읽어본 적이 있다.

"미츠코시라고 해도 같은 미츠코시는 아닌, 한국의 백화점이로군요."

내 말에 김한서는 고개를 끄덕였다. 나는 잠시 그 모습을 보다가 아까부터 생각하던 말을 해야겠다고 생각했다.

"한서 씨는 정말 친절한 사람 같아요. 이렇게 처음 보는 저를 위해서 시간도 내주시고요. 정말 감사합니다."

사실 처음엔 이상한 생각도 했었다. 세상에 이유 없는 호의란 없을 텐데, 그가 나쁜 마음을 품고 있는 건 아닐까 했던 것이다. 아주 가까운 친구도 아니고 그저 펜팔의 친구일 뿐이니 아예 모르는 사람이라고 해도 무방했다. 게다가 종종 북한에 납치된 사람들의 뉴스가 나오곤 했으니까, 그즈음에는 한국에 간다고 하자 나를 걱정하던 사람들의 얼굴이 떠오르기도 했다. 하지만 내 말에 김한서는 잠시 곰곰한 표정이 되더니 씩 웃어 보였다.

"이야기를 전해들었을 때 연결되어 있는 것 같은 기분이 들었어요."

"아. 어떤 점이 그렇게 느끼게 했는지. 무례가 아니라면 알려주시겠어요?"

"책을 좋아하시잖아요."

우리는 다시 택시를 탔다. 연세대학교를 가주세요. 김

한서의 말에 택시 기사가 뒤돌아본다. 거긴 지금 시위 때문에 **난리인데요.** 곤란해 보이는 택시 기사와 김한서가 잠시간 대화를 나눈다. 나는 다시 서울 거리를 본다. 맑은 날씨 때문인지 모든 게 아름다워 보였다.

그래서 정말 모르겠다. 어째서 내가 이곳에 와야만 한다고 생각했는지 말이다.

"숨을 쉬어야 해요."

나는 눈가루가 흩날리는 곳에서 한참이나 김한서를 바라봐야 했다. 나는 김한서를 거의 끌듯이 껴안고 어떻게든 앞으로 나아가보려고 했다. 그는 온몸이 물에 젖은 사람처럼 점점 늘어져만 간다. 도망치는 사람들, 종잇장처럼 쓰러지는 사람들, 달려가면서도 구호를 외치는 사람들, 그들을 무작정 쫓는 제복을 입은 경찰들. 나는 선배들에게 들었던 전공투의 시위를 떠올렸다. 나는 전공투나 학생운동을 하는 사람들을 그다지 좋아하지 않았다. 그들의 논리가 지나치게 과격하다고 느꼈다. 그도 그럴 것이 말미에 가서는 자신들의 내부에서도 편을 가르고, 학교별로 차별을 두고 그러지 않았던가. 그러다 자신들의 주장이 받아들여지지 않으니 죄 없는 사람들을 인질로 잡아 항의한 것이 아닌가. 때문에 내가 책을 읽는 이유는 그런 사람들과는 다르다고 늘 생각해왔다. 경찰이 시위대를 막아서면 이유가 있겠지, 전공투를 생각해봐도 말이야, 하고 말았다. 물론 내 머릿속에 있는 경찰의 모습은 이런 게 아니었다. 자꾸만 팔에서 흘러내리는 김한서의 몸을 추스르면서 고개를 저어 의식을 똑바로 하기 위해 애쓴다.

해진 옷을 입은 몇 사람이 김한서를 보더니 멈춰 선다. 자신들도 기침을 참는 듯하면서도 김한서에게 물을 마시게 한다. 입에 숨을 불어넣기도 한다. 단상 위의 청년이 하늘을 가리킬 때 같이 하늘을 보던 김한서. 어느새 코로, 입과 눈으로 들어간 하얀 연기가 맵다. 분명 아직 가을인데 눈이 내리는 것 같다. 도쿄보다 위도가 높아서 그런 걸까? 서울은 가을에도 눈이 오는구나. 눈 때문에 모든 것이 하얗게만 보이고 사람과 건물과 시위대가 희미하게 증발하는 것 같다. 바리케이드 너머 방패로 얼굴을 숨긴 경찰들, 또다시 전공투의 시위가 떠오른다. 그들은 대학 안에서 우리가 누리는 권리에 대해 다시 한번 생각해볼 필요가 있다고 했다. 지식인이라면 행동에 나서야 한다고 소리를 높였다. 그러나 나는 책이 좋았고 그런 책을 마음껏 읽을 수 있는 대학이란 울타리가 좋았을 뿐이다. 나는 그들을 항상 피해 다녔다. 내가 시위를 한다고 해서 사회의 고통받는 사람들이 살기 편한 세상이 되는 건 아니지 않나. 그들이 하는 말도 결국 자신들의 윤리를 증명하기 위한 수단 아닌가. 나는 차라리 책 뒤에 숨어서 발언하지 않는 편을 택했다. 그것이 오히려 어떤 윤리라고 생각했기 때문이다. 그런데 왜 지금 이곳에서 나는 그들을 떠올리는 걸까.

"한서 씨, 한서 씨."

다시 말하지만, 나는 항상 점잖은 사람이었다. 책을 들고 있는 사람이다. 책을 읽는 사람이다. 사람으로 가득한 시부야의 길을 걸을 때 누군가와 스치기만 해도 먼저 고개를 숙이고 거듭 사과하는 사람이다. 밥을 먹을 땐 씹는 소리조차 신중한 사람이다. 나는 그러므로 반성 없이도 충분히, 평소에 충분히 책을 읽고 우아한 삶을 유지할 준비가 된 사람이었다.

"한서 씨, 숨을 쉬어야 합니다. 눈을 좀 떠보세요."

그렇다면 이 사람은? 김한서는? 자신처럼 책을 좋아한다는 이유만으로, 자신이 아는 사람의 친구라는 이유만으로 내게 무한한 호의를 보여주던 이 사람은? 자신의 손수건조차 내게 건네주던 이 사람은? 내가 멍하니 서서 김한서와 그런 김한서를 깨우려고 안간힘을 쓰는 사람들을 바라보고 있었을 때였다.

"자격이 없어, 우리는 모두 자격이 없는 사람들이야."

나는 한국어를 모른다. 그런데 지금, 일본어가 아닌 이 목소리들을 알아들을 수 있다. 숨을 쉬지 못하고 늘어진 김한서를 보는 사람들이 낙담하는 것처럼, 그렇게 들려온다. 대체 무슨 자격? 대학에 남을 자격? 지식인이라고 말할 수 있는 자격? 그것도 아니면, 이렇게 학생들이, 노동자들이, 시민들이 쓰러져 있는 이 난장판을 외면할 수 있는 자격? 그것도 아니면.

인간의 자격?

여전히 김한서의 손수건을 쥐고 있던 내가 그들에게 무언가를 물으려던 찰나, 우리는 동시에 고개를 돌려 단상 쪽을 바라봤다. 한번 더, 눈이 내린다. 눈이 아주 많이 내리는 가을이었다. 단풍잎이 미동조차 하지 않는 서울의 눈 내리는 아름다운 가을이었다. 가끔은 나도 도쿄가 항구라는 것을 잊는다. 도쿄 사람들은 지진 때문에 항구 근처에 사는 걸 선호하지 않는다고, 서로 그렇게 말하곤 한다. 도쿄에서 바다를 보지 못한 만큼 눈도 자주 보지 못했다. 도쿄에서 자주 보지 못한 눈을 나는 그해 가을 서울에서 나를 알지 못하는 사람들과, 아주 잠시 알았던 사람이지만 이젠 평생 잊을 수 없을 것 같은 사람과, 그리고 낯선 나와 함께 보았다.

아주 많은 눈이 우리에게 쏟아져내렸다. 전혀 사라지지 않는 눈이.

＊

　네가 문을 열고 들어왔을 때, 나는 창문 너머 명동 거리에서 들려오던 노래를 아주 희미하게 들은 것 같다. 김추자라는 가수의 노래였다. 나는 종종 그 노래를 도쿄의 내 방에서 몰래 듣곤 했다.

　'너는 무슨 피아노를 치는 애가, 대학에서 공부한다는 애가 그런 노래를.'

　아버지는 늘 혀끝을 찼다. 그래도 나는 이불을 뒤집어 쓰고 들었다. 언제였지, 한국으로 유학 온 지 얼마 안 되었을 때였다. 친구들과 나는 기타를 챙겨 기차를 탔다. 끝까지 가보자! 우리는 입석표를 사서 내릴 때까지 기타를 치고 노래를 불렀다. 어떤 어른은 헛기침을 했다. 어떤 아주머니는 삶은 계란을 줬다. 공부하기 오죽 힘들었으면! 우리는 주머니의 돈을 털어 사이다를 하나 사서 돌려 마셨다.

　'야야, 이게 김추자야.'

　'신중현이 최고지, 기원을 들어야지, 기원을!'

　'한국에 기원이 어디 있어, 그러니까 김치켙 시스터즈 누님들 안 들어본 애들은 집에 가고.'

　물론 서울에서 이 음악들을 마음껏 들을 수 있는 사람

은 나뿐이었다. 친구들은 남포동 거리에 와서야 불안한 마음을 내려두고 이 음악들을 함께 들었다. 한국의 대중 가요는 내 나라의 가요와 크게 다르지 않다. 이걸 왜 금지 하는 걸까. 나는 문득 모리타 도지를 떠올린다.

'친구가 시위에서 죽고 나서부터래, 이 사람의 음악.'

나는 오빠의 방 문을 여는 걸 항상 두려워했다. 커튼을 닫고 불도 켜지 않는 오빠가 있는 방. 그나마 위로가 되었던 건 방문을 열었을 때 흘러나오던 모리타 도지의 가을 날 공기 같은 목소리. 모리타 도지는 전공투였던 친구가 목숨을 잃자 그때부터 음악을 만들기 시작했다고 한다. 한 번도 무대 위에서 선글라스를 벗지 않았고 결코 웃은 적이 없는 사람.

'문학을 공부하던 사람들이 테러리스트가 되었다면 그 이유는 대체 뭐였을까.'

오빠는 내 대답을 듣지도 않고 저런 말을 중얼거렸다. 나는 다시 너에게로 돌아온다. 대학이란 무엇입니까? 단 상 위에서 묻던 너.

나는 다시 고개를 든다. 이제 막 가게의 문을 열고 들어 온 네가 나를 잠시 바라보다 카운터로 가 음료를 주문한 다. 너는 잠시 창문 너머 명동 거리를 한번 바라봤고 이내 고개를 숙여 인사를 했으며, 내가 일어서려 하자 괜찮다는 듯 손을 내저었고 내 청력의 상태를 아는 사람답게 소리를 내어 말하는 것을 무척 조심스러워했다.

"제가, 일본어를 전혀 모릅니다."

네가 가방을 뒤적인다. 곧 그곳에서 '독학 일본어'라고 쓰인 책을 꺼낸다.

미안합니다.

한참 만에, 독학 일본어를 뒤적인 네가 그리듯 쓴 일본어에 나는 약간 웃었던가, 어쩌면 소리내어 웃었을 것이다. 그러자 너의 입꼬리가 단상 위에서와는 다른 표정을 하고 올라간다.

책을 다시 뒤적이는 너에게 나는 부러 한국어로 해도 된다는 말은 하지 않는다. 적당한 문장을 찾으려 책을 뒤적이느라 움츠러든 어깨와 말려올라간 입꼬리 끝이 예쁘다.

저는 긴자에 가보고 싶습니다.

도쿄가 가보고 싶습니다.

네가 다시 그리듯 쓴 일본어에 나는 잠시 너를 보았다. 너도 나를 잠시 바라본다. 이번엔 네가 네 나라의 언어로 말한다.

"저는 이상을 좋아합니다."

"윤이상이요?"

너는 천천히 고개를 젓고, 정확한 발음으로 말해주었다.

"이상, 그냥 이상이요."

저는 공장에 다니는 노동자예요. 하지만 문학을 배우고 있습니다.

너는 또박또박 약간 크게 한국어로 써서 보여준다. 그럼, 단상 위에는 어떻게? 내가 의아한 표정을 짓자 너는 야학이라는 단어를 또 써 보인다.

밤에 모여 우리는 문학을 공부를 합니다. 러시아어도 배웁니다.

나는 잠시 내 나라로 또 돌아간다.

'아버지 전공투가 뭐예요? 저 사람들은 왜 죄 없는 사람들을 죽인 거예요?'

아버지가 텔레비전의 채널을 돌린다.

'그들은 테러리스트야.'

아버지 뒤에 서 있던 오빠의 입꼬리가 비틀리며 올라가는 걸 보았다. 오빠는 어느 날부터 아버지와는 한 상에서 밥을 먹지도 않았다. 오빠는 아버지가 가라는 공대에 진학하지 않았다. 취직하려면 공대에 가야. 아버지의 그 말에 오빠는 대꾸했다.

'테러리스트 아니면 비겁자가 되어야 하는 시대에 뭘 할 수 있죠?'

아버지가 치밀어오르는 분노를 몸에 익혀온 예의로 간신히 참아내는 것이 보인다.

'저는 예술가가 되어야겠어요.'

오빠는 영화를 하겠다며 집을 떠났다. 아버지는 종종 뉴스 채널을 확인했지만 날씨나 스포츠에는 관심이 없었다. 단지 오빠가 어느 산에서 총을 들고 뛰어나오지나 않을지 걱정하는 눈치였다. 하지만 생활비를 모두 끊은 아버지의 전략은 성공했고, 그해 겨울 오빠는 재수학원에 들어갔다. 그다음 해에는 자연스러운 수순처럼 공대에 진학했다. 아버지는 졸업하면 도쿄 전력에 입사해야 한다고 주문을 외우듯 말했다. 오빠는 방문을 걸어 잠그고 모리타 도지를 반복해서 듣는다.

그럼 내 앞의 너는 어느 쪽이지? 대학생이 아닌 너는 어느 쪽일까. 테러리스트일까, 비겁자일까. 그것도 아니면 오빠가 그렇게 바라던 예술가일까.

내가 잠자코 있자 너는 이상이라는 작가가 동경했던 긴자의 미츠코시백화점에 대해 이야기해주었다. 그러나 결국 긴자의 미츠코시가 아닌 경성의 백화점 옥상에서 썼다는 「날개」라는 소설의 이야기를 조금 해준다. 나는 미소를 지어 보였다. 나는 윤이상을 핑계로 너의 나라로 왔다. 너는 이상이라는 작가 때문에 나의 나라에 가보고 싶다고 했다.

"윤이상은,"

네 입술이 잠시 곤란한 듯 다물어졌다가 결심한 듯 벌어진다.

"그날 제가 틀었던 곡은 사실 윤이상이 전부가 아니에요."

나는 실눈을 떠본다. 너는 다시 메모장에 무언가를 적어 나에게 건넨다.

정추.

"아마 최루탄 연기 때문에 그러실 텐데…… 앞부분만 윤이상이었고 나머지는 정추의 〈조국〉이라는 곡이었어요."

"정추요?"

"네, 저는 그 사람이 부럽습니다."

나는 그가 누군지 모른다. 부끄러워서였는지 나를 바로 보지 못하던 네가 그제야 내 얼굴을 바라보았고, 내가 정추를 전혀 모른다는 걸 깨달은 눈치다.

"정추가 누군지, 저는 잘 몰라요. 알려주실 수 있어요?"

이번엔 내가 긴장한다. 아버지와 오빠에게도 질문을 할 수 있었다면 좋았겠지, 답을 들을 수 있었다면 말이야. 나는 그들에게서 한 번도 답을 들은 적이 없다. 그들이 내게 질문을 한 적도 없다. 어쩌면 그들은 서로에게 등을 보인 게 아니라 나에게 등을 보인 건지도 모른다는 생각을 한다. 너는 자신도 아는 게 별로 없다고 덧붙이면서 잠시 입술을 말고 생각에 잠긴다. 너도 아버지와 오빠처럼 답할 수 없는 것에만 골몰하는 사람인가, 내가 시선을 땅으로 떨구었을 때였다. 너는 갑자기 가방을 뒤져 노트를 하나 꺼냈다. 노트엔 무엇을 메모했는지 빽빽하게 글씨가 쓰여져 있다.

"야학 때 배운 걸로 좀 찾아본 건데요."

너는 내게 그 노트의 한 부분을 펼친다. 가까이서 본 너는 노트 속 정추에 시선을 두고 있다. 너를 따라 나도 고개를 숙인다. 정추가 누군지 몰라도 네가 이토록 소중히 들고 다니는 노트 속에 잊혀지지 않게 기록되어 있어 참 좋겠다는 생각이 든다.

"정추는 자신의 삶을 선택한 사람이니까요."

나는 그렇게 말하는 네 얼굴에 묻어난 한숨을 본다. 일본어 책을 만지작거리는 네 손을 본다. 무수한 상처들, 그 상처들이 쥐고 있는 볼펜. 너는 아마 대학에 가고 싶었나 보다. 내 동기들 중 누구도 모를 정추의 음악을 아는 너는, 아마 정말 대학에 가고 싶었을지도 모른다. 내가 여전히 가만히 있자 너는 잠시 손에 쥔 볼펜을 만지작거리다가 조심스레 이런 말을 덧붙였다.

"그래도,"

너는 물을 한 모금 마신다.

"오해해주셔서 고맙습니다."

네 귓불이 살짝 붉어진다. 그걸 보다가 내 귓불도 같이 뜨거워지는 걸 느낀다. 나는 고개를 끄덕여본다. 확실히 나는 정추를 윤이상으로 알고 있었다. 그러나 네가 알려준 사실들에 내가 가만히 있었던 건 의아해서도, 이해를 하지 못해서도 아니었다.

"제가 한국으로 유학을 가겠다고 하니까, 아버지는 제가 위대한 음악가가 아닌 평범한 음악교사가 되길 바란다고 하셨고, 오빠는 적어도 저런 아버지 같은 어른은 되지 말아야 한다고 했어요."

최루탄 연기 속에서 정신을 잃었을 때, 나는 꿈이 아닌 꿈을 꾸었다. 확실히 그건 꿈은 아닌, 어떤 영상이었다.

"사실 저는 음악교사도 관심 없고 아버지 같은 어른이 되지 않는 법도 모른답니다."

네 얼굴이 조금씩 골똘해진다. 그러면서도 앞에 앉은 내가 무안하지 않을 정도로만 고개를 갸웃하며 내 이야기의 의도를 파악해보려 한다. 나는 그 영상 속에서 너를 보았다. 흰 눈같이 쏟아지던 최루탄 연기가 정말 흰 눈으로 바뀌고 항구도시인 도쿄에 닷새 동안 눈이 내린다. 자, 이제 나는 곧 너와 사랑에 빠질 것이다. 모두의 반대를 무릅쓰고 우리는 결혼할 것이고 너는 또다시 거리로 나섰다가 죽음을 맞을 것이다.

"그래서 저는 윤이상이 좋으니까 꼭 한국에 가야 한다고 핑계를 댔어요."

나는 누군가가 한겨울 눈밭에 칼과 함께 두고 간 아이를 도쿄에서 혼자 키우게 될 것이다. 나는 그 아이를 내 목숨만큼이나 사랑할 것이고, 그래서 그 칼을 내 일부처럼 품고 다닐 것이다. 누군가 나를 찾아와 울며 후회한다면 그 아이를 돌려주고 내 목을 찌를 것이고, 반대로 그 아이를 해치려 든다면 그땐 그 누군가를 찌를 것이다. 나는 평생을 그런 마음으로 살게 될 것이다. 단지 그 칼에 네가 다니는 공장의 이름이 적혀 있어서만은 아니다.

"하지만 전 사실 그냥 나오고 싶었거든요, 저라는 존재는 없는 그 집에서요."

아이는 대학에서 공부를 하는 연구자가 될 것이다. 나 때문이다. 사람은 명백히 다른 대상에서조차 비슷한 점을 찾아내려 하는 걸 사랑이라고 생각할 때가 있다. 눈, 코, 입 아무것도 닮지 않은 나와 비슷한 것을 찾아내려, 아이는 내가 좋아하는 것만을 따라갈 것이다. 아이가 연구자가 되는 것은 그러므로 당연하다.

"아버지와 오빠는 결국 제 의사를 존중하겠다고 하셨어요. 네 '선택'이니까, 하면서요. 물론 책임도 제 몫이라고 하셨죠."

나는 네가 이루지 못한 너의 꿈만을 앵무새처럼 발음할 것이다. 네가 부끄러워서가 아니다. 네가 그다지도 이루고 싶었던 꿈, 대학에 다니고 공부를 마음껏 하는 사람. 나는 네가 살지 못한 삶에 대해, 일생을 걸고 거짓만을 말할 것이다.

"그럼 이건 제 선택일까요, 아니면 그들의 오해일까요?"

종내는 그 아이가 연구자가 될 때까지 나는 네 인생에 대해서만큼은 오로지 오해만을 발음해줄 것이다. 언젠가는 진실을 말해줘야 하지 않겠냐고 너는 묻겠지. 하지만 너와 나란히 걷고 싶다는 작은 바람마저도 버려지는 것처럼, 삶은 우리의 아주 작은 소망조차 외면할 때가 있다. 내가 너에 대한 이야기를 다시 꺼내기도 전에 나는 갑작스러운 교통사고로 그 아이의 곁을 떠나게 된다. 이 세상에는 다시 그 아이와 칼만 남겨두게 될 것이다.

"그것은, 뭐랄까. 그냥…… 하고 싶은 대로 하신 거 같은데요?"

너는 여전히 신중한 표정으로 턱을 괸 채 그렇게 중얼

거린다. 이윽고 네가 한 말에 스스로 깜짝 놀라는 표정이다. 나는 어디선가 파도처럼 순식간에 밀려오는 웃음을 참지 못한다.

"아버지와 오빠의 말을 어긴 건 그때가 처음이었는데,"

아이는 영영 혼자로 남지 않는다. 내가 보았던 닷새간 눈이 내리던 도쿄에서 누군가를 만나게 될 것이다. 마치 눈 속에 누군가 놓아두었던 칼처럼, 빛은 오히려 어둠 속에서 반짝인다는 것을 그때 그 아이도 알게 될 것이다. 어쩌면 너도 나에게 당장 그만두라고 말할지도 모르겠다. 아이는 거두지 말라고, 당장 내 나라로 돌아가 최대한 전공을 살린 다른 일을 시도해보라고. 그러나 나는 처음으로 내 삶에서 무언가를 선택하기로 했다.

"처음으로 제 마음대로 한 거라서 그런 걸까요? 행복하네요, 지금."

그러므로 내가 본 미래는 바뀌지 않을 것이다.

붉어진 얼굴의 너는 쑥스러운 건지 뒷머리를 만지작거리며 나를 바라본다.

"저도 그럼 행복하네요."

그렇기 때문에 나는 너를 잊지도 않을 것이다, 결코 그렇게 하지 않을 것이다.

이번 생에서 이 짧은 시간이 우리가 함께한 전부라고 해도.

작가의 말

　서른 살 무렵 저는 우연히, 제가 태어나서 가장 오래 알
아온 사람이 썼던 수첩 하나를 발견했습니다. 그 수첩 안
에는 그 사람이 지금의 제 나이쯤에 써놓았던 메모들이
있었습니다. 선택, 책임, 그리고…… 이런 단어들 속에서
저는 한참이나 멈춰 있었습니다.

　그 사람은 저와 가장 오래 알아온 사람입니다. 아마도,
제 뺨을 가장 먼저 쓸어준 사람이었을 것이고 제 심장이
제대로 뛰는지 가장 먼저 귀기울여본 사람이었을 것입니
다. 그러니 저는 이 사람과 가장 오래 알아온 사람입니다.

　아무래도 눈 오는 날, 어느 카페에 앉아 쓴 것 같은 그
메모 속 단어들을 보며 저는 이런 생각을 했습니다. 과연

그때 선택이라는 걸 이 사람이 정말 할 수 있었을까. 그걸 선택이라고 부를 수 있는 걸까. 그럼 이 사람이 책임져야 하는 건 뭘까, 그런 게 있을까. 만약 그런 게 있다면 어째서 그 모든 걸 온통 이 사람이 감당해야 하는 걸까. 그런데 나는 정말, 이 사람을 잘 알고 있긴 한 걸까.

그때부터 저는 이 사람의 '선택'이라는 말을 지속적으로 생각했습니다. 여전히, 이 사람이 그때 선택이라 할 수 있는 것을 선택했는지, 그래서 그것을 '책임'이라는 단어를 눌러쓰면서까지 지켜낼 수 있었는지, 그때 감내한 것을 통해 행복해졌는지 정확히 모르겠습니다. 몇십 년 동안 출근하던 그 사람의 뒷모습에 간혹 떼어내지 못한 헤어롤이 붙어 있는 걸 보면서, 퇴근 후 텔레비전 앞에 앉아 꾸벅꾸벅 졸며 물에 만 밥을 먹는 걸 보면서, 퇴직 후 서툴게 음식 하는 재미를 알아가는 걸 보면서, 그럼에도 여전히 저에게 뭔가를 만들어주고 싶어하는 게 먼저인 걸 보면서, 맛있다는 내 말 한마디에 즐거워하는 걸 보면서, 한 번도 누군가에게 그런 말을 제대로 들어본 적이 없었던 거구나, 라는 생각을 하면서…… 정말 저는 더욱더 그것을 모르겠다고 생각했습니다.

다만, 한 가지는 알 것 같습니다.

만약 글이 정말 누군가를 변화시키고 나아가게 한다

면, 그 글은 물론 도서관 서가를 가득 메운 정전들일 수도 있겠지만. 이렇듯 어느 서랍 속 오래된 수첩 안의 메모일 수도 있다는 것을 말입니다.

지금껏 공부를 해오고 소설을 써왔지만, 이 글을 쓰기까지 많은 용기가 필요했습니다. 저처럼 용기가 필요한 사람들이 있다면, 이 소설이 그 누군가에게 제가 발견했던 오래된 수첩의 메모처럼 어떤 용기가 되기를, 위안이 되기를, 의지가 되기를 바라봅니다.

여전히, 그 사람이 그 수첩 속 메모를 적은 날처럼
눈이 내립니다.
이토록 기나긴 현재에.
그래도 이제,
좋은 것들은 미래에 더 많이 있다고 생각해보기로 합니다.
정말 그렇다고, 그 사람에게도, 모두에게도,
나 자신에게도 그러자고 해보기로 합니다.

2019년 1월
한정현

소설을 쓰며 참고한 책과 자료들

권보드래 외, 『1970, 박정희 모더니즘』, 천년의 상상, 2015.

루스 배러클러프, 『여공문학』, 김원·노지승 옮김, 후마니타스, 2017.

야마모토 요시타카, 『나의 1960년대』, 임경화 옮김, 돌베개, 2017.

우에마 요코, 『맨발로 도망치다』, 양지연 옮김, 마티, 2018.

프레데리크 마르텔, 『같은 성을 사랑하는 것에 대하여』, 전혜영 옮김, 글항아리, 2018.

이경분, 「북한의 망명 음악가 정추 연구―초기 교향악을 중심으로」, 『통일과 평화』 7집 1호, 2015.

주성혜, 「대담―카자흐 공화국의 한인 작곡가 정추」, 『낭만음악』 제 19호, 낭만음악사, 1993.

"〈조국〉 교향곡의 작곡가 정추 선생", 한인일보, 2010/1/11.

국립아시아문화전당 아시아문화아카이브 홈페이지(http://archive. acc.go.kr/), '기증 컬렉션' 작곡가 정추 편.

소설 안에 인용·언급된 작품들

다자이 오사무, 『사양』*, 신현선 옮김, 창비, 2015.

사카구치 안고, 『백치·타락론 외』, 최정아 옮김, 책세상, 2007.

김호선, 〈영자의 전성시대〉, 1975.

윤이상, 〈요정의 사랑〉, 1970.

스위밍꿀 소설

줄리아나 도쿄

© 한정현 2019

1판 1쇄	2019년 1월 31일	**1판 5쇄**	2023년 1월 2일

지은이	한정현
펴낸이	황예인
편집	황예인
디자인	함익례

펴낸곳	스위밍꿀
출판등록	2016년 12월 7일 제2016-000342호
주소	서울특별시 마포구 양화로58
연락처	swimmingkul@gmail.com
ISBN	979-11-960744-2-5 03810